KB102443

유럽으로 떠난
스물하나

유럽으로 떠난
스물하나

ⓒ 고승민, 2023

초판 1쇄 발행 2023년 12월 9일
    2쇄 발행 2024년 1월 11일

지은이   고승민
펴낸이   이기봉
편집   좋은땅 편집팀
펴낸곳   도서출판 좋은땅
주소   서울특별시 마포구 양화로12길 26 지월드빌딩 (서교동 395-7)
전화   02)374-8616~7
팩스   02)374-8614
이메일   gworldbook@naver.com
홈페이지   www.g-world.co.kr

ISBN   979-11-388-2463-7 (03810)

Le véritable voyage

de découverte

유럽으로 떠난 스물하나

고승민 에세이

좋은땅

여행은 1%의 필연과 99%의 우연으로 이루어진다

오히려
좋아

우리의 인생은 결코 계획대로 흘러가지 않는다. 지난 세월을 돌이켜 보면 더욱 그렇다. 반듯하게 살아온 것 같아도 문득 지나온 길을 돌아보면 그리 반듯하지 않다. 때로는 처음 발걸음을 떼던 목적지와는 전혀 다른 곳을 향해 걷고 있기도 하다.

프랑스에서 유학생 신분으로 보내는 첫해를 무사히 마치고 어느새 첫 집필을 앞두고 있다. 그러나 프랑스에 처음 발을 내딛던 작년까지만 해도 불과 일 년 뒤 파리의 한 노천카페에 앉아 노트북 자판을 두드리며 나의 여행담을 기록한 책을 쓰고 있을 것이라고는 상상할 수 없었다.

프랑스에 도착한 이래로 모든 일이 계획대로 진행되었다면 아마도 나는 상급학교에 진학했을 것이고 지금처럼 이렇게 글을 쓰고 있지 못했을 것이다. 누군가 나에게 계획이 어그러진 것이 아쉽지 않느냐고 질문한다면 이제는 이렇게 대답하곤 한다.

"오히려 좋아."

평소 여행을 함께한 동행들과 계획이 틀어질 때마다 함께 장난삼아 읊조리던 말이다. 이 책의 서문은 바로 이 문구에서 따왔다.

그러나 거듭된 여행 끝에 '오히려 좋아.'라는 말이야 말로 어쩌면 여행과 인생을 대하는 가장 올바른 방법이 함축된 표현이 아닐까 생각했다. 인생에서 필연적으로 마주치는 역경을 부정하지 않고 겸허히 받아들이며 도리어 그것을 긍정적인 전환점으로 여기는 태도인 것이다.

대체로 이상적인 삶과 여행이란 계획을 세우고 모든 변수를 제거하여 순탄하게 마무리하는 것처럼 보이지만 우리의 삶과 여행은 예측할 수 없는 다양한 사건들로 점철되어 있다. 게다가 질투 많은 현실은 우리의 삶이 무탈히 흘러가기를 허락하지 않는다. 이제는 그 사실을 알고 있고 시시각각 변화하는 삶의 파도를 나름의 방식으로 즐길 수 있게 되었다. 그러나 이 글을 쓰기 전 떠났던, 어쩌면 이 글을 쓰기 위해 떠났던 것일지도 모를 일 년여의 긴 여행 이전에는 그럴 수 없었다.

삶의 계획이 틀어질 때면 좀처럼 주체하기 힘든 상념에 잠겼고 '그러지 말았어야 하는 건데', '그때 그랬으면 어땠을까?', '나의 삶은 달라졌을까?'라는 객쩍은 질문에 휩싸여 하루를 보낼 때도 있었다. 대개 이러한 상념은 지나온 과거의 후회에서 비롯한 것들이다. 하지 말았어야 하는 말들이라든가 무언가를 쉽사리 포기했던 일, 혹은 중요한 순간 잘못된 선택을 했던 기억 등등. 이제는 돌이킬 수 없다는 사실에서 오는 무력감은 현재의 우리를 끌어다 과거의 순간에 가두어 버리기도 한다. 나는 오랫동안 스스로 솔직할 수 없었던 질문에 대해 이 책을 집필하며 진솔하게 답할 수 있게 되었다.

마치 예정된 운명의 실현처럼 찾아오는 첨예한 우연의 순간들이 하나라도 들어맞지 않았더라면 나의 삶이 어떻게 변했을지는 모르겠다. 그러나 나는 과거로 돌아간다고 할지라도 그 순간에 직면한 나를 최소한 말리지는 않을 것이다.

이 책에는 '오히려 좋아'라는 말을 내뱉기까지의 여행과 인생 그리고 그를 통해 발견하게 된 나름의 여행 방식을 담고자 했다. 첫 번째 장에는 때로 험난했지만 그 어느 때보다 빛나던 프랑스 여행과 유학 이야기를, 두 번째 장에는 그저 마음이 이끄는 대로 숙소도 교통편도 아무런 계획없이 불현듯 떠났던 이탈리아 여행을, 세 번째 장에는 소중한 동행과 함께 떠났던 체코와 오스트리아의 낭만적인 크리스마스 여행기를 담았다. 내게는 지난날의 나와 나눈 진솔한 대화이자 화창하게 젊은 날 기록한 일기 같은 책이지만 그럼에도 누군가 나의 글을 읽고 나와 같은 여행길에 오르게 된다면 장담하건대 후회하지 않을 것이다.

스물하나의 이야기

Amor Fati

"운명을 사랑하라"

Chapter 1

FRANCE

띵동

에어프랑스 271편 파리행 항공 이륙하겠습니다.

승객 여러분께서는 모두 안전벨트를 착용하여 주시기
바랍니다.

나는 어디로

1

2022년 8월의 어느 날, 나는 인천공항 제2여객터미널 출국장 입구에서 손을 흔들고 있었다. 왼손에는 유효기간이 자그마치 십 년에 달하는 새로 갱신한 녹색 여권을 쥐고, 한 걸음 한 걸음 한번 들어가면 다시는 나올 수 없는 유리문 안으로 서서히 빨려 들어가고 있었다. '보안 검색대'라고 적힌 유리문, 이제 단 몇 발자국만 더 걸어서 그곳을 통과하면 우리는 다시 만날 수 없을 터였다. 최소한 일 년은 말이다.

"여권 보여 주시기 바랍니다."

불투명한 유리문, 아니 과거와 미래를 연결하는 문 앞에 서서 잠시 망설이는 내게 공항 직원은 재촉하듯 말을 꺼냈다. 그제야 나는 타지로 떠난다는 사실을 실감했다.

'정말 마지막이구나.'

여권 스캔 기계에 내 여권을 인식하고 내가 아무런 말썽을 일으키지 않을 한국인임을 확인받고 나면 이제 내가 한국에서 해야 하는 일이라곤 제시간에 맞춰 탑승 게이트에 도착하고, 게이트가 열리면 배정된 좌석에 얌전히 앉아 이륙을 기다리며 창밖을 하염없이 바라보는 것뿐이다. 여권을 스캔하고 깊은 숨을 한 번 내쉬었다. 나는 그곳을 지나치며 두고 온 것들과 마침내 작별했다.

2

내가 프랑스로 떠나오게 된 것은 중학생 시절 우연히 읽은 《맛있는 위로》라는 책에서 시작되었다. 강남의 번화가에서 심야 식당을 운영하는 저자가 저마다의 사연을 지닌 손님들을 맛있는 음식으로 위로하는 내용의 책이었다. 나는 음식으로 세상을 위로하는 저자를 동경했고 그와 같은 프랑스 요리사가 되기를 꿈꿨다. 그 덕분에 나는 또래에 비해 다양한 경험을 할 수 있었다. 조리사 자격증은 중학교를 마치기 전에 두 개나 취득했고 프랑스어는 프랑스 인문 대학교의 입학 지원을 무리 없이 진행할 수 있을 정도로 숙달했으며 고등학교를 마치기 전에 홀로 파리를 여행할 기회도 있었다.

그렇게 시간이 흘러 스무 살이 되었을 때 나는 성공한 요리사가 되기 위한 모든 조건을 갖춘 사람이 돼 있었다. 동경했던 그의 밑에서 직접 요리를 배우는 쾌거를 이루었고 아주 짧은 시간이었지만 미슐랭 스타가 두 개나 있는 국내 최고의 레스토랑에서 견습할 기회를 얻기도 했다. 그를 바탕으로 일명 VIP가 주최하는 개인 행사에도 참석할 수 있었다. 꾸준한 운동으로 단련된 젊은 신체는 근무시간이 열두 시간을 훌쩍 넘어가는 레스토랑의 하루 일과도

가뿐하게 해낼 수 있을 정도로 탄탄했다. 한국의 유명한 요리사 밑에서 실력과 경력을 쌓고 프랑스로 넘어가 다양한 경험을 마친다면 그 누구보다 빠르게 실력 있는 요리사로 자리 잡을 수 있을 것이 분명했다.

3

그러나 인생은 역시 계획대로 흘러가지 않았다. 예기치 못한 사고로 무릎을 크게 다쳐 다시 요리를 할 수 있을 때까지는 적어도 이 년의 회복기를 가져야 했다. 게다가 그 사고로 인해 나는 요리뿐만 아니라 나의 근간을 이루던 많은 것들과 이별해야 했다. 취미, 직업, 사랑, 하나씩 떠나보내고 남겨진 것은 텅 빈 껍데기였다. 그곳에서 나는 그만 길을 잃고 말았다.

'이제 어떻게 살아야 하지?'

나는 그제서야 학창 시절에 도통 하지 않던 방황을 시작했다. 새로운 꿈을 찾아 헤맸고, 시간이 허락할 때면 매번 홀로 여행을 떠났다. 그렇게 불확실한 세상 속에서 새로운 꿈이 가슴 한편에 서서히 터를 잡고 있었다. 다소 역설적이지만 여행이라는 불안정으로 점철된 행위를 통해 삶의 안정을 찾는 것이었다. 그렇게 살아가는(최소한 그렇게 살아가는 것처럼 보이는) 몇몇 작가들이 나의 새로운 길잡이가 되었다. 나는 요리사를 꿈꾸던 그때처럼 그들을 따르기로 했다. 그리고 내가 할 수 있는 가장 긴 여행은 바로 유학이었다. 장소는 학비가 매우 저렴하고 수많은 문화재, 지식인의 향취로 가득하며 내가 능통하게 언어를 구사할 수 있는 곳, 바로 프랑스였다.

4

프랑스로 떠나는 날까지 아버지가 운영하는 태권도장에서 사범으로 일 년간 근무했다. 앞서 다친 무릎이 온전치 않은 시기라 변변한 일자리를 구하기도 힘들었고, 마침 태권도장의 사범직이 비어 있던 터라 아버지의 일손을 거들기 위함이었다. 사실 나는 태권도에 영 소질이 없다. 그러나 맞벌이가정 삼 형제의 장남으로 단련된 일명 '놀아 주기' 하나는 꽤 자신 있는 편이었다. 초등학생부터는 아버지가 주도하는 수업에 참여하니 나는 그저 예닐곱 살 남짓한 어린아이들을 재밌고 안전하게 놀아 주기만 하면 됐다.

태권도장에 출근한 첫날, 아버지에게 받은 빳빳한 흰색 도복으로 환복했다. 포장지를 막 벗겨 낸 도복은 일자로 접힌 주름이 짙게 남아 있었다. 그리고 새하얀 도복의 일자 주름은 모든 아이들과 학부모에게 내가 초보 사범임을 알리고 있었다.

"누구지?"

"사범님인가?

"아닐걸, 태권도 잘 못할 것 같은데."

"무섭게 생겼다."

"아 관장님이 더 좋은데……."

환복을 마치고 물을 한 모금 마시는 사이, 아이들의 호기심 섞인 말들이 시위를 떠난 화살처럼 날아들었다. 아이들이 내뱉는 말에는 필터가 없었다. 그러나 악의 또한 존재하지 않았다. 그들은 그저 보이는 모습 그대로를 말할 뿐이었다. 솔직함에 상처받는 사람은 아이가 아니었다. 그저 솔직함이 두려워 숨고 이리저리 피해 다니는 나약한 어른일 뿐이었다. 태권도장에서 일하기 위해서는 우선 그것에 적응해야 했다.

어린아이들과 함께 있을 때면 어느 순간 나도 그들과 같은 존재가 되었다. 나는 아이들을 놀아 주기 위해 멀끔한 도복에 세월 묻은 검은 띠를 매고 여기에 있지만, 어느새 그들과 친구가 되어 같이 놀고 있는 내 모습을 발견하게 된다. 그들의 어린 영혼이 어른의 몸에 잠들어 버린 내 안의 어린이를 깨우는 것이다.

그러나 이 기묘한 순간은 그리 오래가지 못한다. "사범님!" 누군가 외치면 나는 즉시 정신을 차리고 달려가 일을 해결해야 했다. 그 일은 대개 학부모를 응대하거나 무언가 문제가 생긴 아이를 살피는 것이었다. 무사히 일을 해결하고 내가 함께 놀아 주기를 바라는 아이들이 기다리는 곳으로 다시 향할 때면 현실과의 괴리가 나를 덮친다. 나는 더 이상 어린이가 아닌 사범이라는 직함으로 규정된 한 명의 어른이었다. 나의 마음은 여전히 초등학생인 것 같은데 초등학생들은 나를 어른이라고 불렀다.

"너네도 커 봐. 알게 될 거야. 얘들아 나도 아직 어리다."라는 말로 어른이라는 호칭에 대한 거부를 하기도 했다. 그러나 완강히

반발할수록 내가 어른이라는 사실은 나를 더욱 쪼그라들게 만들었다. 게다가 몇몇 아이들은 "사범님이 뭐가 어려요.", "나이 많잖아요. 어른이잖아요."라는 말로 나를 짓눌렀다.

도대체 어른이란 무엇인가? 나이 먹으면 다 어른인가? 아니, 그건 아닌 것 같아. 내가 어른으로 불릴 자격이 있을까? 태권도장에서 나를 어른이라고 부르는 아이들과 지내는 일 년 동안 나는 늘 이런 고민에 빠져 있었다. 여느 날처럼 태권도 수업이 끝나고 초등학생 아이들과 시답잖은 대화를 나눌 때였다.

"야 사범님 몇 살 같아?"

"스무 살은 넘었겠지, 사범님인데."

"한 스물두 살 정도 되려나?"

"아냐, 스물한 살일 걸."

"사범님 스물한 살 맞죠?"

"와, 나이 많다. 어른이네 부럽다."

나는 그 순간 문득 궁금해졌다.

"너희들은 어른이 왜 부러워?"

"그야 저희는 어리잖아요. 하고 싶은 것도 못 하고, 엄마 말씀 들어야 하고, 궁금한 게 있어도 마음대로 할 수 없으니까요."

영민한 학생의 대답에 나는 생각에 잠겼다. 그들이 생각하는 어른이라는 존재는 하고 싶은 것을 마음껏 할 수 있고, 언제든 호기심을 탐구할 수 있으며 자신의 의지를 막아서는 누군가의 말을 거역할 수 있는 자유로운 사람이었다. 돌이켜 보면 내가 어릴 때

꿈꾸던 어른의 모습 역시 이와 다를 바 없었다. 그러나 지금의 내 모습은…. 어린이들이 꿈꾸는 그런 어른과는 정반대의 모습이었다. 도전하고 싶은 것이 생길 때면 '잘 안 되면 어떻게 하지?'라는 의문을 먼저 던지고 "야 그거 아무 쓸모없어."라는 인생 선배의 말에 순종하는, 호기심은 사라진 지 오래요. 그 자리엔 아무 일도 생기지 않기만을 바라는 고약한 심보가 그득히 들어찬 그런 어른이었다. 내가 바뀌었다는 것조차 자각하지 못하고 어느새 바보처럼 변해 버린 내 모습이 부끄러웠다. 그리고 문득 생각했다.

'안 될 거 뭐 있지? 지금이라도 그렇게 살아가면 되잖아. 난 어른인데.'

나는 이후로 아이들을 더욱 유심히 관찰했다. 그들은 우리가 잃어버린 솔직함과 어른의 자질을 이미 간직하고 있었다. 그들은 늘 순수했고, 행복했고, 궁금한 게 많으니 열정이 가득했다. 선입견 없이 사물을 탐구했고 그들의 진솔함 앞에 '가식' 같은 단어는 존재하지 않았다. 진정한 어른은 그리 멀리 있지 않았다. 어른으로 향하는 길은 결국 다시 아이로 돌아가는 것이었다. 아이들과 함께하는 일 년여의 시간 동안, 나는 그들로 하여금 어른의 자질을 배웠다. 그리고 내가 사범으로서 해야 하는 역할은 그들이 천진난만함을 무사히 지켜 낼 수 있도록 하는 것이었다.

교육을 의미하는 프랑스어 'Pédagogie'는 아이를 뜻하는 라틴어 'pais'와 이끌다라는 뜻의 'agôgos'가 합쳐진 말이다. 즉 교육이란 아이들을 옳은 방향으로 이끄는 것이다. 나는 여전히 아이들을 이끌 만한 충분한 자질이 있었다고 생각하지 않는다. 그러나 나는 그들이 순수함과 천진함을 지킬 수 있도록 노력했다. 내가 진심을 다해 그들을 대할 때면 그들은 더 큰 애정으로 반겨 주었다. 가장 작은 존재인 아이들에게 배운 가장 큰 배움은 내게 '어른'이라는 새로운 꿈을 심어 주었고, 난관이 닥칠 때면 줄곧 그들의 순수함을 떠올렸다.

2022년 8월의 출국 날, 모든 채비를 마치고 공항으로 떠나는 차 안에서 우리는 서로 눈물을 보이지 말자고 약속했다. 그러나 우리는 아무도 그 말을 지킬 수 없음을 알고 있었다. 위탁편에 수하물을 맡기고 우리는 출국장 입구로 향했다. 마치 군대 입영식을 방불케 하는 그곳에는 이미 많은 유학생들이 가족, 친구들과 부둥켜안고 눈물을 흘리고 있었다. 우리 역시 그 수순을 피할 수 없었다. 어쩌면 마지막일 수도 있는 인사를 뒤로하고 우리는 서로 손을 흔들고 있었다. 한 손에는 유효기간이 자그마치 십 년에 달하는 새로 갱신한 녹색 여권을 쥔 채로.

돌아온 파리

1

비행기 좌석에 앉아 북받친 감정을 정리하는 사이, 적막했던 비행기는 마치 겨울잠에서 깨어난 불곰의 울음소리 같은 굉음을 뿜내며 어두운 창공으로 날아올랐다. 나는 앞좌석에 붙은 간이 테이블에 옷가지를 둘둘 말아 머리를 처박고 잠에 들었고 열세 시간에 달하는 비행은 어느새 끝을 바라보았다. 모든 것의 시작에는 끝이 있고 끝이란 곧 새로운 시작이라고 했던가. 격양된 감정은 다소 진정돼 있었고 새로운 것에 대한 기대가 걱정과 후회를 잠식했다. 그것은 스마트기기의 소프트웨어 업데이트처럼 매우 빠른 속도로 전격적으로 진행되었다. 나는 어느새 '생존 모드'로 변해 있었다. 나를 태운 비행기는 일곱 시간의 시차와 9,384킬로미터의 공간을 초월하여 소년과 청년 사이에 머물던 나를 본격적으로 청년기에 데려다 놓았다. 한국의 빼곡한 건물 숲은 어느새 사라졌고 창밖에는 프랑스의 드넓은 밀밭이 육안으로 보였다.

삼 년 전 여름, 고등학교 삼 학년이 된 직후에 당시 프랑스어를 가르치던 선생님이 내게 문득 제안했다. 이제 프랑스어도 나름 잘 구사할 수 있게 되었으니 프랑스에 한번 가 보라는 것이었다. 나는 아직 미성년자인데 위험하지 않겠냐고 물어보니 그녀도 어린 시절 홀로 파리를 여행을 했는데 생각과는 전혀 다른 경험을 했다고 했다. 그리고 말로 풀어 설명할 수는 없지만 그 경험을 꼭 추천하고 싶다는 말과 지금 그곳에 다녀온다면 나중에는 절대로 알 수 없는 것을 느끼게 될 거라는 말을 덧붙였다. 그리고 의미심장한 말투로 어쩌면 나의 삶이 바뀔 수도 있다고 했다.

대다수의 프랑스 유학생이 그렇듯 그녀 역시 미술을 전공한 예술가였는데 지금 생각해 보면 그녀도 보통 사람은 아니었다. 제아무리 프랑스어를 할 줄 알고 요리사를 꿈꾸고 있다지만 이제 막고 삼이 된, 만으로 겨우 열일곱인 아이에게 혼자 프랑스를 가라니. 그러나 그 당시의 나는 찾아올 운명을 마치 예상이라도 한 듯, 그길로 부모에게 달려가 허락을 구했다. 그리고 흔쾌히 허락을 받았다. 이렇다 할 반대도 없었다. 여행을 결심한 지 불과 두 달여 만에 비행기 티켓과 숙소, 각종 보험과 유심까지 마치 오랜 기간 함께 준비해 온 프로젝트처럼 모든 것이 일사천리로 이루어졌다.

그러나 비행기에 몸을 싣고 떠나던 순간까지 나는 단 한 번도 파리에 가겠다는 생각을 진지하게 해 본 적이 없었다. 거긴 마치 나의 꿈속과 같은 곳이었고 환상 속의 세계였다. 막상 떠나려니 기대보다 걱정이 앞섰다. 그러나 그날의 나는 자신의 죽음을 예상하고 받아들이는 역사서의 한 인물처럼 행동했다. 가고 싶어서 떠난 것이 아니라 가야 하기에 떠났다고 하는 편이 더 솔직하다. 그렇게 이루어진 파리 여행에서 나는 미슐랭 스타가 있는 수많은 레스토랑을 방문했고, 평소 존경하던 프랑스의 전설적인 셰프를 만나 프랑스어로 대화를 나누었고, 나보다 나이가 열 살 가까이 많은 형, 누나들과 밤새 놀기도 했으며, 오랜 기간 펜팔로 소통하던 프랑스인을 만나 친구를 맺는 등 다양한 경험을 마쳤고 무엇보다 '무사히' 돌아왔다.

그리고 불과 육 개월 뒤, 내가 성인이 되던 해, 코로나바이러스가 창궐하고 해외여행은 물론 지인과도 만날 수 없는 세상이 찾아온다. 나는 가끔 생각한다. 고등학교 삼 학년이 되던 해에 훌쩍 떠나지 않았다면 코로나바이러스에 잡아먹힌 삼 년의 시간 동안 나는 그곳에 갈 수 없었을 것이고, 그렇다면 나는 지금 이 비행기에 타고 있을까?

단언할 수는 없지만 아마 그러지 못했을 것이다. 내가 동경한 미식의 도시에는 화려한 미식의 세계보다 전혀 기대하지 않았던 예술과 지식의 향취가 더욱 강렬했고 거리에는 성공을 향한 열망이 아닌 느긋한 낭만과 사랑이 가득했다. 어쩌면 나는 요리를 배우고자 착륙한 그날의 파리에서 전혀 다른 무언가를 깨달았는지도 모른다. 현재의 나와 과거의 나는 전혀 다른 목적을 성취하기 위해 그곳으로 향하지만 그 둘 사이에 연관이 전혀 없지는 않았던 것이다.

샤를 드골 공항에 다시금 도착한 그 순간에 나는 이곳에 처음 도착했던 순간을 떠올렸다. 삼 년간의 팬데믹 시기를 지나며 나를 비롯한 모든 것이 너무나 많이 변해 있었고, 과연 어떤 것이 나를 이렇게 바꾸었는지를 생각하고 있었다. 그녀의 예언대로 나는 그 후로 전혀 다른 것을 깨닫게 되었다. 요리만 바라보던 열정은 점차 식어 갔고 그 자리는 사랑과 지식을 향한 열망이 대신했다. 어쩌면 다리를 다치기 이전부터 나는 이미 요리에서 조금씩 멀어지고 있었던 것일지도 모르겠다. 그녀는 어리고 독선적이었던 내게 인생을 이루는 것은 결코 하나가 아니며 변화의 바람이 어디로 향하든 결국 인생이란 좋은 것을 향해 나아간다는 것을 말하고 싶었던 것일까?

알마 다리에서 본 에펠탑

2

비행기에서 내린 뒤에는 함께 입국하기로 한 유학생들을 만났다. 우리는 프랑스 정보를 공유하는 한 커뮤니티에서 연락이 닿았다. 누군가는 그저 낯선 땅에 홀로 입국하는 것이 두려워서, 누군가는 쓸 만한 소식이 있으면 공유하려고 들어온 것 같았다. 나는 굳이 따지자면 후자에 가까웠다. 이미 두 번째 방문이기에 입국은 두렵지 않았고 목적지가 같은 사람이 있으면 택시를 함께 타고 비용을 나누어 지불할 요량이었다. 그러나 목적지가 모두 달라서 정작 택시를 함께 탈 사람은 구하지 못했다. 인원은 여섯 명이었는데 긴 비행 탓에 다들 몰골이 말이 아니었다. 우리는 다 함께 짐을 찾고 출구로 나왔다. 당연하게도 입국 절차는 전혀 어려울 것이 없었다. 다들 이것 때문에 단체 채팅방까지 만들며 유난을 떨었나 하는 눈치였다. 우리는 아무런 일도 없이 멋쩍게 인사를 나누고 각자의 숙소로 흩어졌다.

파리로 날아오기 한 달 전, 행정절차를 모두 마치고 에어비앤비를 통해 일주일간 파리에 머물 숙소를 구했다. 다소 늦은 감이 있었지만 운이 좋아 에펠탑에서 센강을 건너면 삼백 미터도 채 떨어지지 않은 곳에 숙소를 구할 수 있었다. 가격도 하루에 육만 원 정도로 저렴했다. 게다가 건물 바로 뒤로 난 좁은 계단을 따라 오르면 작은 골목이 나오는데 그곳은 매일 아침 웨딩 사진을 찍는 부부와 사진 기사로 문전성시를 이루었다. 위치는 이보다 좋을 수 없었다.

그러나 금싸라기 땅에 있는 숙소가 하룻밤에 육만 원이라면 어딘가 하자가 있는 것이 분명했다. 택시에서 내려 숙소의 공동 현관을 열고 들어가자 오래된 엘리베이터가 나왔다. 나는 직감했다. "아 이거구나……." 엘리베이터는 한국에서 한 번도 보지 못한 형태였다. 좌우로 열리는 금속 자동문이 아닌 목재로 된 문을 마치 방문을 열어젖히듯 손으로 잡아당겨야 했다. 손잡이를 돌려 문을 당기자 낡은 경첩의 비명이 들렸다. 엘리베이터의 크기는 젊은 남녀가 함께 탑승한다면 민망할 정도로 작았다. 게다가 숙소는 칠 층에 있었는데 엘리베이터의 층계 입력은 오 층까지만 가능했다. 육 층과 칠 층은 나중에 증축한 것 같았다.

엘리베이터는 낡은 도르래에 의지한 채 이리저리 맞물렸고 불쾌한 마찰음을 내며 힘겹게 건물을 오르기 시작했다. 짐의 무게에 비해 엘리베이터가 워낙 오래되고 부실한 탓에 중간에 떨어지진 않을까 걱정했지만 다행히도 그런 불상사는 발생하지 않았다. 삼십 킬로그램에 달하는 캐리어와 십오 킬로그램의 백팩을 들고 오층에서 칠 층까지 계단을 올랐다. 땀에 젖은 옷이 질척이며 엉겨붙었다.

두 번째 문제는 세대 현관에서 발생했다. 비밀번호를 누르면 기계음을 내며 자동으로 열리는 현대식 도어 록만 접해 본 나는 문을 몸 쪽으로 당긴 채 열쇠를 넣어 돌리고 다시 힘차게 밀어야 하는 프랑스식 문을 열 줄 몰랐던 것이다. 나는 숙소에 도착하고도 약 삼십 분을 복도에 서 있어야만 했다. 날씨는 거의 사십 도에 육박했고 집주인에게 메시지를 보냈지만 연락이 닿지 않았다. 도저히 열리지 않는 문과 홀로 남아 씨름하는 사이 땀이 턱선을 타고 한 방울씩 떨어졌다. 그리고 곧 땀에 흠뻑 젖어 버렸다. 반쯤 포기하려던 찰나 누군가 문을 여는 소리가 들렸다. 분명 같은 층에서 나는 소리였다. 나는 인기척이 들린 곳으로 빠르게 걸음을 옮겼다. 이 기회를 놓친다면 최소한 몇 시간은 더 꼼짝없이 좁고 후덥지근한 복도에서 땀을 흘려야 할 것이 분명했다. 그곳에는 일본계 이민자로 보이는 여성이 있었다.

"저는 여행자입니다. 문을 열 줄 몰라서 그러는데 어떻게 여는 건지 알려 주실 수 있으신가요?"

나는 그녀에게 프랑스어로 천천히 발음했다. 그러나 당황스럽게도 대답은 한국어로 돌아왔다.

"705호 맞죠? 한국인들 문 열 줄 몰라서 맨날 거기 서 있어요."

알고 보니 그녀는 한국인이었고 자신을 따라오라며 문 여는 방법을 알려 주었다. 간단하게나마 감사의 뜻을 표하려 했지만 그녀는 쿨하게 손을 한 번 튕기고 복도 끝으로 사라졌다. 파리는 이런 도시였다. 굳이 먼저 나서는 법은 없지만 그렇다고 어리숙한 여행자가 난처한 문제에 당면해 도움을 요청하면 굳이 거절하지는 않는다. 친절하지도 불친절하지도 않은 무표정으로 문제를 쿨하게 처리하고 손이나 두어 번 휘적이며 돌아선다.

걱정과 달리 방의 상태는 매우 양호했다. 복도에 있는 공용 화장실을 사용해야 했지만 백화점의 마네킹 진열장처럼 생긴 유럽

식 샤워실이 방에 딸려 있었고 낡고 검게 그을렸지만 화구도 있었
다. 게다가 작은 과일을 씻기에 안성맞춤인 작은 싱크대와 학교
사물함 크기의 냉장고도 있었다. 캐리어를 열고 바닥에 펼치면 구
석에 놓인 침대까지 걸어갈 수 없어 어쩔 수 없이 침대로 도약해
야 했지만 라텍스 재질의 간이침대는 매우 폭신해서 여독을 풀기
에는 전혀 문제가 없었다.

파리는 센강을 중심으로 강의 오른쪽인 우안과 왼쪽인 좌안으
로 생활권이 구분된다. 우안에는 중세 시대부터 주로 왕족과 귀족
이 모여 살았고, 자유로움과 지식으로 대변되는 학생과 예술가는
주로 집세가 저렴한 좌안에 모여 살았다. 우안에는 루브르 궁전,
오페라 가르니에, 샹젤리제와 같은 왕실과 귀족 문화를 상징하는
건축물이 주로 위치해 있고 좌안에는 소르본대학교와 각종 서점
과 출판사, 수많은 철학자와 작가들이 열띤 토론을 벌이던 카페가
여전히 그날의 분위기를 간직하고 있다.

파리를 산책하는 여행자는 센강 변의 산책로를 따라 걸으며 여
행의 테마를 정할 수 있다. 우안과 좌안 모두 각자의 아름다움과
개성을 지니기 때문에 그날의 기분을 따르면 된다. 루브르박물관
과 개선문이 버티고 있는 우안으로 향하면 파리의 우아하고 격조
있는 부르주아 문화와 각종 사치품을 구경할 수 있고 소르본대학
교와 몽파르나스가 있는 좌안으로 향하면 담배 연기와 소란한 대
화로 붐비는 카페의 테라스에서 지식의 향기와 젊은이들의 자유
로움을 만끽할 수 있다.

어렵사리 입성한 숙소에 간단히 짐을 풀고 에펠탑 아래의 이에 나 다리에서 출발해 센강을 따라 걸었다. 러시아와의 크림전쟁 승리를 기념하는 알마 다리, 러시아와의 재수교를 기념하여 러시아 황제의 이름을 딴 알렉상드르 3세 다리, 퐁 뇌프의 연인들로 유명한 퐁 뇌프를 지나 노트르담 성당이 모습을 나타냈다. 서로 사상과 계층이 다른 좌안과 우안 사람들 모두 신 앞에 평등하며 화합하라는 의도였을까? 노트르담 성당은 우안과 좌안의 중간지점이자 '파리'라는 이름의 근원이 된 시테섬에 우뚝 서서 파리의 상하좌우를 굽어보고 있다. 파리라는 도시의 이름은 이 섬에 거주하던 파리시족(Parisii)에서 비롯했다. 그러나 21세기는 신이 죽은 사회임을 말하는 듯, 2019년 화재가 발생한 노트르담 성당은 수많은 과학 문명의 산물에 둘러싸여 복구 작업에 한창이었다.

늦여름의 늦은 오후, 센강을 따르는 길가에는 무자비하게 작열하는 햇빛이 뒤통수를 둔탁한 망치로 후려치듯 내리쬐었다. 나는 함께 출국한 유학생 단체 채팅방에 저녁에 에펠탑을 함께 볼 사람이 있는지 물었다. 유학에 집중하느라 여행 준비는 하지 못했던 터라 딱히 갈 곳도 없었고 아름다운 에펠탑의 야경을 혼자 보기에는 어딘지 모를 아쉬움이 남았다. 그때 나와 같은 처지에 있던 두 사람에게 연락이 왔다. 그들 역시 심심했는지 아예 일찍 만나서 저녁 식사도 같이 하자는 것이었다.

우리는 오후 일곱 시에 에펠탑 아래에 위치한 샹드막스 공원에서 만났다. 에펠탑을 가장 가까이서 볼 수 있다는 이유로 매일 붐비는 샹드막스 공원은 코로나바이러스로 인한 봉쇄령이 해제된 지 얼마 지나지 않은 탓에 관광객이 별로 없어 고적했다. 해가 지지 않는 유럽의 여름날답게 늦은 시간임에도 하늘은 여전히 싱그러운 연청색이었다. 저녁 식사를 위해 삼 년 전 여행을 떠올리며 그날 방문했던 노란색 네온사인 간판의 식당을 찾아 헤맸다.

파리는 변화를 거부하는 도시로도 널리 알려져 있다. 19세기에 시행된 오스만 시장의 파리 개조 사업은 좁은 길이 얽혀 있던 중세도시 파리를 대대적으로 개편하여 도로를 넓히고 개선문을 중심으로 열두 개의 거리를 모두 연결했다. 그 모양이 마치 개선문의 꼭대기에서 내려다보면 마치 별의 모습을 닮았다고 해서 프랑스인들은 개선문 아래의 광장을 'Place de l'étoile(별의 광장)'이라고도 부른다.

이후로 이백 년의 긴 시간 동안 도시의 외형은 크게 바뀌지 않았다. 모든 선진국이 경쟁적으로 고층 건물을 쌓아 올리던 20세기 중반, 무려 이백십 미터에 달하는 몽파르나스 타워가 들어섰을 때도 그들은 자신의 기술력을 자랑스럽게 여기는 것이 아니라 도시 외관과 일조권을 이유로 큰 시위를 벌였다. 해결책마저도 그들이 지켜 온 전통의 방식을 따른 것이다. 그들은 그 거인 같은 건물을 기술력의 산물이 아닌 무분별한 발전 경쟁이 도래한 괴물쯤으로 여겼다. 그 결과 법이 제정되었고 현재는 파리 시내에 칠 층 이상의 건축물을 시공할 수 없다. 프랑스인들은 이 정도로 변화를 싫어한다(아직도 등기우편으로 관공서 업무를 처리해야 하는 나라라고 하면 부가 설명이 될 듯하다). 식당 역시 방문할 때마다 간판이 바뀌는 여느 관광지와 달리 대부분은 그 자리를 오래 지키고 있다.

그러나 코로나바이러스가 뒤덮은 삼 년의 시간은 과거의 추억과 파리의 유서 깊은 식당마저 지우기에 충분한 시간이었다. 비행기에서 내려 한 끼도 먹지 못한 우리는 경황이 없었다. 결국 노란색 간판의 식당을 찾는 데 실패하고 샹드막스 공원 바로 뒤 우리 같은 뜨내기를 낚기에 딱 좋은 곳에 위치한 식당으로 들어갔다. 내 경험으로 볼 때 이런 곳에 위치한 식당은 가격도 비싸고 품질도 떨어지지만 손님들이 늘 들어차기 일쑤였다. 그럼에도 낙엽이 내리는 나무로 둘러싸인 테라스와 그것을 감싼 주황색 조명은 내가 결국 프랑스에 도착하고 말았다는 사실을 다시금 떠올리게 했다.

종업원의 안내를 받아 자리에 앉고 나서야 우리는 서로 통성명을 할 수 있었다. 그들의 이름은 각각 윤수와 경아였다. 윤수는 국내 최고 대학에서 컴퓨터공학을 전공하는 수재였다. 무엇보다 그녀는 매우 자유로운 정신을 가졌으며 차가운 겉모습과 달리 소설과 예술을 사랑하는 감성적인 사람이었다. 내가 생각한 명문대생의 이미지와는 많이 달랐다. 그녀는 파리에서 반 년간 체류하며 교환학생을 할 것이라고 했다. 나이는 우리보다 세 살이 많았다.

경아는 나와 동갑이었는데 그녀 역시 국내의 손꼽히는 명문 대학에서 미디어 커뮤니케이션을 전공하고 있었다. 그녀는 내가 생각한 명문대생의 이미지와 부합했다. 매우 수용적이고 활동적인 사람이었으나 어딘가 자신을 잘 드러내지 않는 구석이 있었다. 경아는 나와 동갑인 만큼 비슷한 고민을 하며 살아가고 있었고 함께 대화를 할 때면 꽤나 재미있었다. 그리고 역시나 예술을 사랑했고 낭만적인 여행을 좋아하는 사람이었다. 경아는 파리에서 고속열차로 약 한 시간 반 정도 떨어진 프랑스 동북부의 도시 낭시에서 일 년간의 교환학생이 예정되어 있었다.

예상한 대로 음식은 특별할 것이 없었지만 음식의 맛이 중요한 자리는 아니었다. 우리는 식사를 해치운 뒤에도 에펠탑 아래의 이에나 다리 강둑에 앉아 밤 열한 시가 넘도록 떠들었다. 나는 생각했다. 최근에 이토록 재밌는 대화를 해 본 적이 있었나? 나는 동질감에서 그 해답을 찾았다. 우리가 목적하는 바는 모두 달랐지만 우리에겐 '프랑스에서 살아남기'라는 가장 큰 공감대가 존재했다. 거기에는 초보 유학생의 기대가 가득했고 일말의 걱정이 포함되었다.

우리는 인생을 살아가면서 다양한 사람을 만나고 함께 대화를 나누며 동질감과 이질감을 느낀다. 일반적으로 동질감이 더 많이 느껴지는 사람과 더 많은 대화를 나누고 친구가 된다. 지난 세월을 떠올려 보면 나는 한국에서 또래 친구를 다양하게 사귀지 않았다. 사실 못 했다고 하는 편이 더 옳을 것이다. 당시에는 이유를 잘 알지 못했으나 지금 생각해 보면 나는 학우들과 동갑이라는 것 말고는 공통점이 없었다. 친구들과 달리 대학교 진학에는 전혀 뜻이 없었고 당연히 교과 공부는 하지 않았으며 오직 요리와 프랑스어 공부에만 몰두했다. 더구나 즐기는 취미라고는 그저 주짓수밖에 없었다. 학우들과 공유하는 가치가 전혀 존재하지 않았고 대화는 재미가 없기 마련이었다. 게다가 음주문화도 즐기지 않으니 성인이 되며 간극은 더욱 커져만 갔다. 설상가상으로 무릎을 다치며 유일한 취미인 주짓수 도장조차 나갈 수 없게 되었다. 스물한 살쯤 되었을 때는 서너 명의 친구만 남아 있을 뿐이었고 그마저도 친구들이 모두 입대를 하며 사실상 나는 혼자였다. 무료하지는 않았지만 이따금 외로움은 느껴졌다. 그런 외로움마저 일상이 되어 무뎌질 무렵 프랑스로 떠나왔다. 어쩌면 그 무렵의 나는 큰 착각을 하고 있었는지도 몰랐다. 인생은 결국 홀로 살아 내는 것이라고 생각했던 것이다. 그러나 이날의 대화에서 그간의 일상에서는 느낄 수 없던 강한 동질감을 느꼈다.

센강 변에 앉은 우리는 자연스럽게 내일의 일정을 조율하고 있었다. 사실 우리 모두 정해진 일정이 없었기에 조율이라고 할 것도 없었다. 계획이 없어서 차라리 다행이었다. 만약 당장 내일 내가 유학할 도시로 넘어가는 기차표를 미리 구매했다거나 어떤 관광 명소에 비용을 지불하고 선 예약을 했더라면 여기서 동행은 끝났을 터였다. 자정이 넘어서야 대화는 겨우 끝이 났다. 우리는 그제서야 숙소로 향하기 위해 일어나 엉덩이에 붙은 돌가루와 먼지를 툭툭 털었다. 일렬로 도열한 주황색 가로등과 장중한 에펠탑은 우리의 등 뒤에서 여전히 노란빛을 발광하고 있었다. 나는 아름다운 만큼 위험한 파리의 늦은 밤거리를 두려움도 잊고 홀로 걸으며 오늘의 대화를 생각하고 있었다.

그리고 깨달을 수 있었다. 인생은 결국 혼자가 아니며, 결국 어딘가에는 나와 비슷한 사람이 존재하고, 함께할 동료를 얻는다는 것은 매우 중요한 것이자 행운이라는 것, 나는 그동안 쓸데없는 방어막을 너무나도 많이 둘러싼 채 살아가고 있었다는 것, 이제는 그것을 벗어던질 때가 도래했다는 것을 말이다. 에펠탑을 뒤로하고 노란 가로등이 힘겹게 깜빡이는 골목을 느리게 걷는 동안 파리의 첫날이 저물었다.

맑은 날의 센강 변

3

이튿날에는 저녁 식사를 마치고 몽마르트르 언덕을 찾았다. 같은 채팅방에 속해 있던 한 명의 유학생이 추가로 합류했다. 수민이라는 이름의 그녀는 나와 경아보다 한 살이 많았고 윤수보다 두 살이 어렸다. 그녀는 프랑스의 남부 지역 툴루즈에서 단기 교환학생을 하러 왔다고 했다. 공감 능력이 뛰어났던 그녀는 대화를 편안하게 만드는 재주가 있었고 어딘가 엉뚱한 구석이 있었다. 그녀가 합류하고 나서 우리는 더욱 편하게 대화할 수 있게 되었다.

몽마르트르(Montmartre)는 산과 언덕을 뜻하는 프랑스어 단어 'Mont(몽블랑 역시 하얀 산이라는 뜻의 프랑스어)'에서 짐작할 수 있듯 고지대에 위치해 있다. 관점에 따라 견해가 갈리지만 이미 지명에 언덕이 포함되기에 '몽마르트르 언덕'보다 그냥 '몽마르트르' 그 자체로 부르는 것이 맞는 표현일 것이다. 이곳은 과거의 화려했던 예술가의 향취를 느끼러 오는 관광객으로 현재는 숨 쉴 틈도 없이 북적이는 곳이지만 19세기 이전에는 관광지는커녕 파리의 구획에도 없는 곳이었다. 그저 외곽에 위치한 작고 가난한 언덕 마을에 불과했다. 몽마르트르는 19세기 중반에 들어서야 파리의 구획으로 편입되었고 이후로 근대 파리의 역사를 대표하는 공간으로 거듭난다.

당시 이곳의 저렴한 집세와 뜨거운 분위기는 뭇 예술가와 문학가들의 삶의 터전으로 거듭나기에 완벽한 공간이었다. 매일이 그들에겐 파티였고 러시아에서 들여왔을 법한 초록색 병의 저렴하고 독한 술, 모네와 피카소, 르누아르 같은 예술가들이 서로 의견을 나누던 그날의 몽마르트르에서 파리 예술의 빅뱅이 이루어졌다고 해도 과언이 아닐 것이다.

한편, 해발 129미터 몽마르트르 꼭대기에 자리 잡은 사크레쾨르 성당은 파리의 모든 동향을 굽어본다. 많은 정치결사가 이곳에서 발생한 것은 어쩌면 당연한 것이었다. 이곳에서 파리를 내려다볼 때면 자연스럽게 그런 생각이 들곤 한다. 우리는 사크레쾨르 성당 앞 광장에 앉아 백 년 전의 이곳을 생각하고 있었고 변해 버린 현재를 느끼고 있었다.

몽마르트르의 한 카페

광장 울타리에서는 축구공을 머리에 올리고 대략 사 미터는 족히 넘는 가로등을 기어 올라가는 묘기를 보이는 사람이 있었고, 고장 난 라디오처럼 비요르(맥주라는 뜻의 프랑스어 '비에흐 bière'를 이민자들은 대개 '비요르'로 발음한다)를 하루 종일 중얼거리는 수많은 호객꾼이 있었고, 내가 식별할 수 있는 언어만 여섯 개가 넘어갈 만큼 다양한 국적의 관광객이 몽마르트르를 가득 채웠다. 게다가 우리 바로 앞에 앉은 아랍인 남성 세 명은 마치 절대 멈추지 않는 증기기관차처럼 돌아가며 끊임없이 담배를 태웠다. 증기기관에서 뿜어져 나오는 매캐한 연기는 고스란히 우리의 몫이었다. 불쾌한 냄새로 가득 찬 광장은 소란스러웠고 두 시간을 기다려 마주한 야경은 생각보다 화려하지 않았다. 그러나 어느 순간 우리가 마주 보고 신나게 떠드는 대화의 주제는 바로 그런 것들이었다. 우리가 생각하는 '완벽한' 관광을 하기에는 실망스러운 요소들이 우리의 입을 오르내리며 오히려 재밌는 대화 소재로 변해 있었다. 여행을 방해하는 요소들이 도리어 우리의 대화에 재미를 더하고 있었던 것이다.

나는 과거의 몽마르트르를 떠올렸다. 그들 역시 분명 어딘가 부족한 사람들이었다. 돈이 없어 끼니를 거르기 십상이었고 성격은 괴팍하기 짝이 없었으며 정신은 일반적인 사람과는 어딘가 동떨어진 자들이었다. 그런 자들이 모여 몽마르트르를 이루었다. 당시 이곳에서 생활했던 젊은 피카소는 친구를 잃은 절망과 외로움을 푸른색 물감에 담아 작품에 표상했고 다른 모든 예술가들 역시 어딘가 모자랐던 각자의 고유함을 예술에 담았다. 그리고 현재 그들의 작품은 명맥 있는 미술관에서 주연 자리를 단단히 꿰차고 있다.

어쩌면 여행도 그런 것이 아닐까 생각했다. 모든 것이 완벽하게 진행되는 여행이 있다면 과연 재밌을까? 우리의 여행 역시 몽마르트르의 예술가들처럼 어딘가 부족하고 완벽과는 거리가 멀지만 그럼에도 그런 부분이 모여 결국 우리만의 여행이 되고 기억에 남는다. 나는 광장에 앉아 파리를 내려다보며 그날의 파리를 그리고 오늘의 파리를 떠올렸다. 백 년 전의 광기 어린 예술가들은 모두 어딘가로 떠나 버렸지만 몽마르트르는 여전히 같은 말을 반복하고 있었다. 불완전함으로 인해 비로소 완벽해지는 것, 그것이 바로 예술이고 여행이고 인생이라며.

몽마르트르에서 내려다본 파리의 전경

내면으로의 항해

1

우리는 모두 각자의 결핍을 지닌다. 그러나 자신의 결핍을 진정으로 마주하는 일은 결코 쉽지 않다. 때로는 그것을 감추기 위해 인생을 허비하기도 한다. 갖은 허물로 끊임없이 자신을 가리지만 그것은 결코 사라지지 않는다. 다음 날 우리는 베르사유 궁전으로 향했다. 몽마르트르의 대화에서 베르사유가 등장한 것이 발단이 되었다. 전날 밤 인터넷에서 할인된 가격으로 베르사유 궁전 입장권을 구매했다.

아침에 눈을 뜨니 아홉 시였다. 그간 매일 오전 여섯 시면 눈이 떠지곤 했는데 곤두선 몸의 신경이 드디어 진정된 모양이었다. 2019년 내가 파리에 머무는 동안 집안이 발칵 뒤집힌 적이 있었다. 그때도 지금과 마찬가지로 고된 일정을 마무리하고 늦게 잠에 들어도 늘 여섯 시면 눈이 떠졌다. 여행을 시작한 지 사흘이 지나서야 긴장이 풀리고 간만에 깊은 잠을 청할 수 있었다. 그러나 아침 열 시 시끄럽게 울리는 전화 소리에 눈을 떴을 때 나는 한국에서 전쟁이라도 일어난 줄 알았다. 문자와 전화 수십 통이 부재중인 상태로 수신돼 있었던 것이다. 뒤늦게 상황을 파악해 보니 매일 아침 여섯 시에 전화로 오늘의 계획을 알려 주던 아들이 평소보다 네 시간이나 늦은 시각까지 연락을 보내지도 않고 받지도 않으니 집안이 난리가 난 것이었다. 게다가 당시 파리는 사 년 전 이슬람 극단주의 단체 IS가 감행한 대규모 총기 난사와 자살폭탄테러로 여행자들이 위축돼 있었다. 테러 가담자를 색출하려는 총을 든 군경과 아랍계 이민자 사이에 흐르는 묘한 긴장감이 최고조에 달하던 시기였다.

아무리 이번 여행을 쉽게 허가한 진취적인 부모였지만 자식 홀로 이런 나라에서 지낸다는 사실에 걱정이 가득했던 것이다. 그런 상황에 아들이 연락이 닿지 않으니 신고를 해야 하나 발만 동동 구르고 있던 차에 겨우 전화를 받았다. 그러나 이런 속사정은 꿈에도 모르고 깊은 잠에 빠져 있던 나는 오랜 단잠을 깨운 수십 통의 전화가 야속했고 무엇보다 타박하는 부모의 말이 나를 여전히 어린아이 취급하는 것 같아 서운했다. 한마디로 철이 없는 시절이었다. 아마도 그런 시기임을 알기에 부모 역시 나를 걱정했을 것이다.

태권도장에서 아이들과 함께 지내던 시절, 내가 아이들에게 해줄 수 있는 가장 큰 칭찬은 온갖 미사여구로 가득한 말이 아닌 "형아 다 됐구나!"라는 말이었다. 반대로 내가 할 수 있는 가장 큰 훈계는 그런 행동은 '어린 동생'들이 하는 행동이라며 타이르는 것이었다. 그런 말을 들은 아이들은 신기하게도 자신의 행동을 돌아보고 다시는 그런 일을 행하지 않았다. 어떤 경우에는 '동생들이나 할 법한' 행동을 하는 친구에게 "우리는 이제 일곱 살이고 형이니까 그런 행동하면 안 된다."라며 타이르기도 했다.

나이가 많은 사람이 느끼는 가장 큰 모욕 역시 늙은이, 노인네 같은 말이고 인사치레로는 "정정하시네요.", "젊어 보이시네요."라는 말을 하곤 한다. 이처럼 나이를 불문하고 인간은 자신의 결핍을 대면할 때 불쾌함을 느낀다. 그날의 나는 아직 어렸기 때문에 어린 취급을 받는 것이 싫었던 것이다. 저번처럼 수십 통의 연락이 온 것은 아니었지만 이번에도 걱정이 담긴 문자 한 통이 수신돼 있었다. 문자를 읽고 답장을 하는 찰나의 순간 나는 다시 한번 시간이 흘렀음을 느꼈다. 더 이상 서운함이 들지 않았기 때문이다. 이제는 내가 어리다는 사실에 전혀 불쾌하지 않은, 어리지 않은 사람이 된 것이다.

베르사유 궁전으로 향하는 길은 그리 순탄치 않았다. 예정된 시위의 여파로 베르사유로 향하는 기차역이 대부분 폐쇄됐고 우리는 역에 도착하고 나서야 그 사실을 알게 되었다. 구글맵에 아직 업데이트되지 않은 기차의 정보를 구하기 위해 역무원을 붙잡고 수차례 질문한 끝에 아직 열려 있는 기차역을 찾을 수 있었다. 게다가 커피를 담은 페트병 뚜껑이 가방에서 열려 흐르는 바람에 캠코더 한 대가 고장 났고 가방에 있던 대부분의 물건이 커피에 쫄딱 젖었다. 절대왕정을 이룩한 왕의 거처로 향하는 길은 결코 쉽지 않다는 것을 말하는 듯 우여곡절 끝에 탑승한 기차는 삼십 분 정도를 달려 무사히 베르사유에 도착했다.

궁전의 초입에는 압도적인 위용을 뽐내는 루이 14세의 청동상이 몰려드는 관광객을 굽어보고 있었다. 자신을 아폴론이라 칭하며 스스로 태양신이 되고자 했던 그는 결국 파에톤이 되어 국고를 바닥내고 민중의 삶을 힘들게 만들었지만 프랑스 사람들이 그를 원망하지는 않는 것 같았다. 하는 둥 마는 둥 소지품 검사를 마치고 광장으로 들어갔다. 프랑스에서는 언제나 이런 식으로 소지품을 검사했다. 매표소 앞에 늘어선 대기 줄이 족히 백 미터는 넘어 보였다. 우리는 전날 미리 예매한 티켓을 보여 주고 제시간에 입장할 수 있었다.

루이 14세가 남긴 흔적에서는 태양신 아폴론과 왕뱀 피톤의 일화를 빌려 자신의 권력을 과시한 그림과 조각들을 자주 만나게 된다. 그는 왜 자신을 태양왕이라 불렀으며 귀족들을 피톤에 투영한 것일까? 고대 그리스신화의 아폴론과 피톤의 일화를 읽고 루이 14세의 생애를 알게 된다면 왜 그가 자신을 태양신으로 귀족들을 피톤으로 삼았는지가 분명해진다.

피톤은 누우면 산자락을 덮을 만큼 거대한 뱀이었다. 어머니는 대지의 신 가이아였고 그는 어머니로부터 예지력을 물려받았다. 어느 날 피톤은 한 예언을 듣게 되는데 다음에 태어날 제우스의 자식이 자신을 죽일 거라는 것이다. 그는 자신의 운명을 피하기 위해 제우스의 자식을 잉태한 레토를 삼키기로 마음먹고 이리저리 쫓아다녔다. 레토는 피톤에게 들키지 않고 자식을 낳기 위해 온 지역을 헤맸으나 레토의 출산을 돕는 땅은 물바다로 만들 것이라는 헤라의 엄포에 모든 땅에서 문전 박대를 당하고 쫓겨날 수밖에 없었다. 결국 제우스의 은밀한 부탁을 받은 포세이돈의 도움으로 델로스에서 아폴론과 아르테미스를 출산한다. 그리고 아폴론은 태어나자마자 피톤을 찾아가 화살이 동날 때까지 활로 쏘아 죽이는 것으로 어머니의 복수를 한다.

한편 아폴론은 뛰어난 외모와 힘, 지력을 갖추었고 악기 연주에도 능했다. 그러나 그에게도 유일한 결점이 있었는데 여자 관계는 그리 매끄럽지 못했다. 그는 모든 것을 가진 신이었지만 진정한 사랑만큼은 늘 뜻대로 이루어지지 않았다. 그리고 어쩌면 그여파로 신과 인간을 가리지 않고 애정 행각을 이어 나갔다.

루이 14세의 어린 시절은 우리가 그를 기억하는 절대 권력자의 모습과는 사뭇 달랐다. 그는 17세기 초 파리 서쪽에서 태어났다. 그가 다섯 살이 되었을 무렵 아버지가 죽고 어머니가 섭정을 맡았다. 그러나 귀족을 억압하고 왕권을 강화하려 했던 그녀와 재상 마자랭은 오히려 귀족들로부터 역풍을 맞는다. 프롱드의난이라고 불리는 이 사건은 국왕파의 승리로 막을 내리지만, 어린 루이 14세는 귀족들에게 붙잡혀 죽을 뻔한 고비를 여러 번 넘겼다. 그가 왕권을 강화한 이유와 베르사유 궁전이 파리와 멀리 떨어진 곳에 위치한 것은 이런 이유에서였다. 그에게 파리는 언제 자신과 어머니를 한 입에 먹어 치울지 모르는 피톤이 도사리는 땅이었던 것이다.

또 그는 재상 마자랭의 조카 만치니와 사랑에 빠졌다. 그러나 약혼을 뜻하는 프랑스어 단어 'Engagement'은 동시에 담보와 저당을 의미한다. 허울뿐인 어린 왕에게 결혼이란 사랑만으로 해결할 수 있는 간단한 문제가 아니었던 것이다. 당시 왕의 결혼은 국력과 직결되는 것이었다. 그들의 사랑을 눈치챈 마자랭은 서둘러 그들의 사랑을 떼어 놓았다. 그러나 이루어지지 못한 사랑은 언제나 더욱 커져만 갔다. 힘이 없어 이룰 수 없던 그의 비통한 첫사랑이 훗날 그를 난봉꾼으로 만든 것이다.

그는 진정한 왕이 되어서도 늘 열등과 불안에 사로잡혀 있었다. 왕당파의 충신 푸케가 보르비콩트 성을 완성시키고 그를 연회에 초대했을 때도, 그는 자신의 궁전보다 화려한 보르비콩트 성을 보고 열등감에 휩싸였다. 루이 14세는 모략을 펼쳐 그를 죽이고 그의 재산을 모두 국고에 귀속시켰다. 그리고 보르비콩트 성을 건축한 사람들을 불러 더욱 거대한 규모에 태양신을 주제로 한 베르사유 궁전을 건축하기에 이른다. 그 규모가 폭이 무려 400미터에 육박하고 수천 개의 분수와 모의 해전을 벌일 수 있는 거대한 운하가 있는 궁전이었다.

그리고 모두가 아는 것처럼 그는 귀족들을 오락과 향락에 빠뜨렸다. 왕의 재산은 멈출 줄 모르고 부풀었고 왕권은 나날이 강해졌다. 그럼에도 어린 날의 공포를 지울 수 없던 그는 늘 반란을 두려워했다. 하물며 민간인에게도 화려한 궁정 생활을 공개하여 자신의 힘을 선전했다. 평생 허울뿐인 것들로 자신의 두려움 감추고 살아온 그는 죽기 직전이 되어서야 자신의 증손자에게 허황된 삶을 산 자신을 닮지 말라고 당부했다고 한다.

다섯 살의 증손자 앞에서 유언을 남기던 순간에 그는 과연 어떤 생각을 하고 있었을까? 아마도 그는 다섯 살 남짓한 세자가 자신의 말을 온전히 알아듣지 못할 것을 짐작했을 것이다. 그리고 어쩌면 그의 허심탄회한 유언은 평생을 숨어 살아온 자신의 인생에 대한 후회였을 것이다. 그는 생전 누구보다 강력한 모습을 유지했지만 내면은 그 누구보다 연약한 사람이었다. 그는 반란에 쫓기고 목숨을 위태롭게 부지하던 어린 날의 자신과 정면으로 마주하길 거부했고 죽기 직전까지 자신으로부터 한 걸음도 나아가지 못했던 것이다.

베르사유 궁전에 입성한 우리는 우선 화려한 외관에 입을 다물 수 없었다. 그러나 이상하리만치 과도하게 치장된 모습은 알 수 없는 불편함을 유발했다. 나는 궁전을 나올 때가 되어서야 프랑스 사람들이 그를 미워할 수 없는 이유를 짐작할 수 있었다. 그들은 그의 화려한 삶에서 나름의 선망과 그것이 초래할 파멸의 두려움, 그리고 욕망과 결핍으로 가득한 그저 한 명의 인간을 본 것이 아닐까 생각했다.

화려한 궁전을 제외하면 그의 삶은 너무나도 앙상한 나뭇가지에 위태롭게 서 있던 한 명의 인간이었고 우리는 그에게 투영된 각자 자신의 모습을 내다본 것이다. 루이 14세가 모두가 보는 앞에서 화려한 식사를 하고, 말을 타고 사냥하는 모습으로 건재함을 드러냈던 것처럼 우리 역시 인스타그램을 비롯한 각종 소셜미디어를 통해 타인으로 하여금 우리의 부족한 무언가를 충족하려고 한다. 만약 SNS가 어느 날 갑자기 사라진다면 우리가 하지 않게 될 일들이 아마도 꽤 많을 것이다.

인간이 탐할 수 있는 모든 것을 구현한 베르사유 궁전은 인간의 욕망이 얼마나 거대할 수 있는가를 보여 주지만 그것마저도 자신의 진정한 모습을 마주할 용기가 없다면 무용지물이라는 것을 보여 준다. 우리에겐 오백 원이면 하루 종일 행복한 시절이 있었던 반면 유럽에서 가장 호화로운 삶을 영위했던 루이 14세는 죽을 때까지 끊임없는 불안과 결핍, 불신으로 가득한 삶을 살았다. 겉옷은 우리의 상처를 가려 주지만 덮어 둔 상처는 결국 끝없는 불안과 욕망을 야기할 뿐이다. 스스로를 태양왕이라 칭했던 인간은 차가운 운명 속에 사라지고 홀로 남은 궁전은 관광객으로 붐볐지만 쓸쓸했다. 루이 14세의 차가운 말로는 사백 년이 흐르고 현대를 살아가는 우리에게도 하나의 메시지를 던지고 있었다.

베르사유 궁전을 관람한 후에는 정원으로 향했다. 미로처럼 복잡하고 드넓은 정원은 표지판이 없으면 길을 헤매기 십상이었다. 실제로 이런 특징 때문에 젊은 남녀의 밀회 장소로 쓰였다는 소문이 있다. 여담으로 에티켓(étiquette)이라는 단어 역시 이곳에서 비롯했다는 설이 있다. 루이 14세는 날마다 연회를 벌였는데 궁전에는 화장실이 없었기 때문에 귀족들은 미로 같은 정원을 가림막으로 용변을 해결했다. 어느 날 정원에 악취가 가득해지자 정원

관리인은 말뚝에 화장실을 안내하는 표지를 붙였고 '붙이다'라는 뜻의 동사 'estiquer'에서 파생된 명사 '에티켓(étiquette)'은 그렇게 예의, 매너를 상징하는 단어가 되었다는 주장이다.

우리는 한참을 헤매다 겨우 그늘진 정원으로 갈 수 있는 통로를 찾았고 바닥에 돗자리 대신 오전에 구매한 테이블보를 깔았다. 종이로 된 테이블보는 축축한 잔디를 견디지 못하고 계속 찢어졌지만 촘촘하게 기워 앉으니 먼지는 묻지 않았다. 우리는 방금 얻은 교훈이 무색하게 음료와 과일을 테이블보 위에 정갈하게 놓고 한동안 사진을 찍었다. SNS에 올리기 위해서였다. 우리는 그늘 아래서 담소를 나누고 짧은 낮잠을 청했다. 이 글을 쓰는 지금은 그때보다 더 많은 여행을 경험했고 유럽 각지의 수많은 성을 관람했지만 그날의 베르사유 궁전은 오래도록 강렬하게 남아 있다.

베르사유 궁전

2

파리에 머무는 동안 매일 아침 카페를 찾았다. 숙소 뒤편에 난 계단을 따라 오르면 곧바로 펼쳐지는 트로카데로 광장의 카페에 앉아 에스프레소를 마셨다. 가격은 저렴하지 않았지만 테라스에 앉아 과거 파리의 찬란했던 문학가들을 상상하며 어니스트 헤밍웨이의 《파리는 날마다 축제》를 읽고 있을 때면 마치 그날의 파리로 시간 여행을 하는 것처럼 벅차올랐다.

하루는 조금 다른 곳에서 아침을 맞이했다. 서둘러 나갈 채비를 마치고 숙소와 사 킬로미터 떨어진 생 제르맹 데 프레 구역으로 가는 버스에 올랐다. 출근 시간을 조금 앞둔 이른 아침의 조용한 도로는 마치 폭풍 전야와 같았다. 십 분만 늦었더라면 아마 삼십 분은 더 도로에 갇혀 있을 터였다. 버스에서 내려 오 분 정도를 걸어 '카페 드 플로르'라는 카페에 도착했다. 도로 하나를 사이에 두고 대립하는 카페 '레 뒤 마고'와 더불어 파리에서 가장 유명한 카페로 손꼽히는 이곳은 20세기 초반 집세가 저렴했던 파리 좌안의 생 제르맹 지구에 몰려 살던 문학가와 예술가들이 좁은 집에서 뛰쳐나와 사상을 공유하고 글을 쓰던 일종의 아지트로 유명세를 얻었다고 한다. 현재는 가난한 예술가들이 사랑했던 카페라는 수식어가 무색할 정도로 가격이 매우 비쌌고, 수많은 관광객이 몰려 자리를 잡는 데도 애를 먹었다. 그래도 일찍 출발한 덕분에 구석진 테라스 한 자리를 선점할 수 있었다.

자그마치 칠천 원에 육박하는 에스프레소를 한 잔 주문하고 첫

날 구매한 책 《파리는 날마다 축제》를 꺼내 들기 위해 몸을 굽혔다. 그제서야 눈에 들어온 테이블보의 격자무늬가 어딘가 익숙했다. 왠지 이곳에 온 것이 처음이 아닌 것 같았다. 사진첩을 뒤적이니 역시나 처음이 아니었다. 그날의 기억이 다시 한번 날아와 뇌리를 맴돌았다. 그날 나는 이곳에서 분명 어니언 수프를 먹었다. 당시에는 피카소건 헤밍웨이건 하는 것들에는 관심이 없었다. 맛은 평범했던 탓에 기억이 나질 않지만 유서 깊은 식당에서 어니언 수프를 먹었다는 것, 그리고 이유는 모르겠지만 굉장히 비쌌다는 것이 기억났다(한국식으로 비유하면 된장찌개 일 인분을 이만 원에 파는 격이었다).

불현듯 떠오른 그때의 기억에 나는 한동안 기시감에 사로잡혔다. 너무나도 많은 것이 변해 있었다. 요리만으로 세상이 행복할 줄 알았던 고등학생은 사라지고, 인생의 목적을 찾기 위해 방황하는 갈 곳 잃은 젊은이만이 그곳에 남아 있었다. 이런 순간이 처음은 아니었다. 나는 파리를 여행하는 내내 나를 붙들며 늘어지는 과거의 편린들과 마주해야 했다.

이전의 여행에서 이미 한국인이 알 만한 식당은 대부분 방문했고, 빵집이 문을 여는 아침 일곱 시면 파리시에서 주최하는 바게트 챔피언십에서 우승한 빵집에서 갓 구운 따뜻한 바게트를 사 먹었다. 이제는 한국인의 추천으로 식당이나 빵집을 방문할 때면 대개 내가 이미 방문한 식당의 목록을 벗어나지 않는다. 우연한 계기로 그런 흔적을 마주하는 순간이면 도무지 말로 설명하기 힘든 감정에 사로잡혀 먹먹해진다.

그 순간에는 누구보다 최선을 다했고 마지막에는 '그럴 수밖에 없는' 이유로 이별했지만, 시간이 지나 이제는 언제인지 기억조차 나지 않는 그때를 그리워하고 있는 것이다. 다시 돌아가고 싶은 마음도 없고 막상 그날의 기억을 낱낱이 들춰 보면 온갖 상처와 통증으로 가득하지만, 그럼에도 소중히 간직하고 싶은 것들이 있지 않은가. 삼 년이 흐르고 파리로 다시 돌아온 내게는 어느새 요리가 그런 것이 되어 있었다. 너무나도 찬란했던, 너무나도 행복했던, 그래서 너무나도 아팠던, 마치 이미 끝나 버린 첫사랑처럼 말이다. 이런 순간에 여행은 때로 새로운 미지의 장소를 향한 탐험이 아닌 지난날의 나를 마주하는 일종의 타임 슬립처럼 느껴진다. 주문한 에스프레소가 나오고 나는 자리에 앉아 씁쓸한 커피를 홀짝였다. 커피는 가격에 비해 뛰어난 맛은 아니었다.

새로운 여행

1

　일주일의 마지막 날 유학생 동료들을 만나 즐비한 박물관 중 하나를 골라 유유자적 구경하고 중국인이 운영하는 저렴한 일식당에서 식사를 했다. 닭고기로 육수를 낸 라멘을 주문했는데 이국적인 향이 강하게 느껴졌다. 나는 고수를 제외하면 가리는 음식이 없는 편이다. 그런데도 도저히 견디기 힘든 향이 났다. 어쩌다 씹은 채소가 그 범인이었다. 바로 죽순이었다. 죽순을 골라내지 않으면 음식을 다 먹지 못할 것 같아서 모두 빼낸 다음에 남은 음식을 해치웠다.

　한번은 미슐랭 가이드에서 별을 세 개나 받은 파리의 한 레스토랑에서 식사를 한 적이 있다. 그곳의 셰프는 분자 요리의 창시자로 유명했고 실험적인 요리법으로 프랑스의 내로라하는 요리사들 사이에서도 전설적인 입지를 다진 사람이었다. 그곳은 내가 처음이자 마지막으로 경험한 미슐랭 3스타 레스토랑이었다. 점심한 끼에 무려 삼십만 원이 넘어가니 내 주머니 사정으로 두 번씩이나 갈 수는 없는 노릇이었다. 바닷가재를 주제로 한 첫 번째 접시가 나오기 전 직원이 내게 말했다. "고수 빼 드릴까요?" 당시에도 내가 고수를 싫어한다는 것을 알고는 있었지만 그냥 달라고 했다. 셰프가 고수의 향까지 섬세하게 고려해서 음식을 구상했을 텐데 고수를 빼면 셰프의 의도를 온전히 느낄 수 없을 것 같았다. 무엇보다 미슐랭 3스타의 요리는 뭔가 달라도 다를 줄 알았다.

그러나 첫 번째 접시에 등장한 고수는 아니나 다를까 내 후각을 마비시켰다. 그 탓에 나중에 나온 요리는 기억도 잘 나질 않았다. 어쩌면 인생에서 다시 없을 수도 있는 기회를 허무하게 날려버린 것이었다. 자그마치 삼십만 원을 일시불로 결제하고 식당을 나오며 왜 고수를 빼 달라고 하지 않았을까 후회했다. 그러나 삼년이 흐른 지금은 이렇게 생각한다. 그 이후로 나는 어디에 가서도 고수는 내 취향이 아니라고 할 수 있는 상태가 된 것이다. 프랑스의 전설적인 셰프마저도 내게 고수를 맛있게 요리해서 주는 데실패했으니 말이다.

고등학생이던 시절, 삼촌처럼 믿고 따르던 형이 있었다. 그와는 주짓수 도장에서 만났다. 띠동갑의 나이 터울이 있었으니 사실상 형보다는 삼촌에 가까웠다. 현재는 평범한 영업 사원으로 살아가는 그는 소싯적 요리사를 꿈꿨다. 그는 함께 주말 운동을 마치고 자신이 아는 식당에 나를 데려가 밥을 사 줬다. 그가 사 준 음식 중에는 난생처음 보는 것들도 꽤 많았는데 요리사는 자고로 다양한 음식을 먹어 봐야 한다는 것이 그의 지론이었다.

또 자신이 살아온 이야기와 인생의 중요한 부분들을 전해 주곤

했다. 이야기의 마지막에는 모든 경험은 소중하다며, 좋고 나쁜 것을 떠나 무조건 많은 경험을 해 보라는 말을 꼭 덧붙였다. 물론 당시 십 대였던 나는 삼십 대였던 그의 말을 온전히 이해할 수 없었고 가끔은 그저 나이 많은 형의 넋두리 정도로만 여겼다. 그러나 선택의 기로에 서 있을 때면 이상하게도 그의 말이 뇌리를 맴돌며 나를 부추겼다. 그의 영향을 받은 탓인지 나 역시 여행을 하며 최대한 다양한 경험을 하고자 했고 지난 여행을 돌아보면 흔치 않은 다양한 경험들을 했다. 그리고 그 경험은 훗날 무언가를 결정할 때 어떤 방식으로든 도움이 됐다.

나는 그제야 비로소 그의 말을 이해할 수 있었다. 그는 아마도 갈림길이 멈추지 않고 등장하는 인생길에서 이런 크고 작은 실패의 경험들이 모여 삶의 주관을 갖게 해 준다는 것을 말해 주려 했던 것 같다. 선택한 길이 설령 잘못된 길일지라도 최소한 그 길이 아니라는 사실은 알게 된다. 당장은 화가 날 수도 있지만 실패의 경험이 오히려 나를 알아 가는 가늠좌 역할을 하는 것이다. 오히려 적당히 맛있는 음식이나 적당히 아름다운 것들은 금세 기억에서 지워진다.

다소 억지스러운 부분이 있지만 이런 방식으로 여행을 하고 인생을 살아가면 늘 즐겁다. '실패'할 일이 없기 때문이다. 소소하지만 내가 어떤 사람인지 조금 더 알게 되는 것, 나조차 자각하지 못한 깊은 내면으로의 탐사, 이것은 내가 여행에서 가장 중요하게 생각하는 가치이자 내가 고수하는 여행의 방식이기도 했다. 식사

를 마치고 계산서를 기다리는 동안 고수에 취해 비틀비틀 숙소로
돌아가던 그날의 내 모습이 떠올라 웃음이 났다.

트로카데로 광장의 한 카페

2

오후에는 수민, 윤수를 만나 서점으로 향했다. 서점은 말 그대로 책이 있는 공간이고 책은 보통 그 나라의 언어로 쓰여져 있다. 서점은 본질적으로 언어를 할 줄 아는 현지인과 책을 보관할 공간이 있는 정주민을 대상으로 열려 있다. 그래서 언어를 모르는 여행자는 쉽사리 들어갈 용기가 나지 않는다.

더욱이 책은 무겁기 때문에 늘 돌아다녀야 하는 숙명에 놓인 여행자는 책을 살 때 신중해야만 한다. 무턱대고 책을 여러 권 구매했다가는 사막의 낙타처럼 여행 내내 고행길에 오르게 될 수도 있다. 그러나 이러한 특성 덕분에 수많은 관광객으로 물든 관광지에서조차 유일하게 변하지 않는 공간으로 남아 있기도 하다. 현지인의 삶이 궁금한 '탐험가형 여행자'에게는 어쩌면 서점이 최고의 대안이 될 수도 있다. 나 역시 타지를 여행할 때면 서점 방문은 한 번도 빼먹지 않았다.

프랑스에서 유학하는 동안 느낀 프랑스인과 한국인 사이의 가장 큰 차이점은 타인을 향한 관심이었다. 프랑스인들은 정도가 지나칠 정도로 타인에게 무심했다. 특히 파리에서는 더욱 그랬다. 19세기 중반 프랑스는 산업화를 이루며 부족한 일손을 보충하기 위해 이민정책을 실시했다. 초기에는 이탈리아와 벨기에를 비롯한 주변 유럽 국가의 사람들이었다.

그래도 오랜 시간 같은 신화와 유사한 언어를 공유했던 이들이 함께 사는 것은 그리 어렵지 않았을 것이다. 그러나 제1차 세계대

전 발발 이후 대규모 징집이 시행되며 일손을 대체하기 위해 북아프리카와 아시아 등지의 사람들이 대거 입성했고 러시아를 비롯한 세계 각국의 정치 망명객들이 모두 이곳으로 몰려들었다. 제2차 세계대전이 종전되고 나서는 재건을 위해 북아프리카와 이베리아 반도의 노동자들이 들어와 정착했다.

서로 다른 곳에서 살아온 그들은 다투기도 했지만 역시나 인간의 본능을 피할 수 없었다. 그토록 치열한 삶의 투쟁 속에서도 그들은 사랑을 했고 아이를 낳았다. 고래로, 프랑스인들은 부모 혹은 조부모의 계열이 다른 경우가 많다. 거기에 그들을 따라 넘어온 또 다른 이민자들, 전쟁을 피해 이주한 난민들, 프렌치 드림을 꿈꾸며 날아온 각지의 학생들이 한데 모여 살아가는 도시가 바로 파리다. 한 민족끼리 한 지붕 아래 살아도 매일 싸우는 게 인간인데 그들의 삶은 오죽했으랴.

그러나 그들은 쉼 없는 다툼 속에서 한 가지는 분명히 깨달은 듯했다. 나와 너, 그러니까 두 개의 '나'가 만난다고 하나로 통합될 수는 없다는 것이다. 그들은 철저히 서로가 이해할 수 없다는 것을 전제로 살아가고 있었다. 그렇다고 그들에게 존중이 부족하다고 할 수는 없었다. 단지 방식이 달랐다. 서로의 차이를 이해할 수 없다는 것을 인정하는 그들은 철저한 무관심으로 타인을 존중했다. 상호 간의 이해를 바탕으로 존중해야 한다는 인식이 팽배한 한국에서 나고 자란 나로서는 제법 놀라웠다.

그리고 이런 성향은 서점에 그대로 반영되어 있었다. 모든 분

야의 서적을 한곳에 모아 놓고 판매하는 대형 서점이 대부분을 점령한 한국과 달리 파리의 서점은 매우 단편적으로 존재했다. 작은 규모의 서점에 페미니즘, 비건, 역사, 과학, 정치 등 서점에 주로 진열된 도서의 주제를 미리 건물 외벽에 써 붙여 놓았다. 그럼 독자들은 자신의 취향과 사상에 맞게 서점을 선택하면 된다. 이미 외벽에 새겨 두었으니 기어이 그 문을 열고 들어온 독자에게 서점 주인은 자신의 색을 드러내는 데 거부감이 없다.

때로는 서점 주인과 손님 사이에 마치 사르트르와 카뮈를 방불케 하는 뜨거운 토론이 벌어진다. 토론을 하는 동안 서점의 주인은 자신의 업무를 자주 깜빡하곤 해서 피해는 늘 결제를 기다리던 사람이 입지만 그 역시 집에 가야 한다는 사실을 잊고 토론에 참전한다. 파리의 서점에서 이런 광경을 목격하는 건 그리 어렵지 않다. 게다가 갈피를 잡지 못하고 좁은 서가 사이를 이리저리 방랑하는 독자가 있다면 어디선가 직원이 다가와 취향에 맞는 책을 추천해 주기도 한다. 그 모습은 흡사 소믈리에와도 비슷해 보였다.

사람들의 관심사 또한 매우 다른 것을 알 수 있는데 이는 베스트셀러 매대에서 여실히 드러난다. 한국의 베스트셀러 매대는 자기 계발서로 가득한 반면, 프랑스는 사회문제를 다룬 책이나 문학이 잘 팔리는 것을 볼 수 있다. 이처럼 여행자의 입장으로 서점을 방문하여 그들이 살아가는 사회의 단면을 구경하는 것은 아주 흥미로운 일이었다. 우리가 선뜻 발 디딜 수 없는 가장 큰 이유는 언어의 장벽이지만 서점에 진열된 책들은 여행지의 민낯을 보여 주

기에 용기를 갖고 걸음을 내딛는다면 여행지를 파악하는 좋은 수
단이자 여행지를 기억하는 좋은 추억이 될 수 있지 않을까 생각해
본다.

파리의 서점, 이름은 '시간의 색깔'

3

숙소로 돌아가 낮잠을 한숨 청하고 나니 어느새 저녁 시간이었다. 우리는 에펠탑에서 도보로 십 분 정도 떨어져 있는 한 나폴리탄 피자집 앞에서 다시 만났다. 주거 지역 골목에 문을 연 매우 작은 피제리아(Pizzeria: 피자를 전문적으로 파는 식당)였는데 이탈리아 나폴리의 청년들이 운영하는 곳이었다.

서유럽의 뜨거운 햇살이 강렬한 자외선으로 땀을 적시면 대서양에서 흘러왔는지 알프스에서 날아왔는지 모를 시원한 바람이 불어와 금세 말리고 또 흐르기를 반복했다. 우리는 공원의 한적한 끝자락에 자리를 잡고 피자 박스의 덮개 부분을 북북 찢어 잔디 위에 깔고 앉았다. 파리에 도착한 이래로 날씨가 좋지 않은 날이 단 하루도 없었지만 이날은 더욱 맑은 날씨를 뽐냈다. 오전의 쾌청한 하늘이 오후의 농후한 노을로 변신하는 과정은 에펠탑 위로 옅게 흩뿌려진 구름에 투과되는 태양빛을 통해 실시간으로 관찰할 수 있었다. 붉은 태양과 가까워질수록 분홍빛이 그라데이션으로 짙어지는 구름 떼는 모네의 〈해돋이〉그림을 연상케 했다.

피자는 파리에서 최고라고 불릴 수 있을 정도로 훌륭했다. 이탈리아 본토의 피자 맛집과 견주어도 손색이 없었다. 피자가 잘려 있지 않아서 손으로 뜯어 먹어야 했지만 황혼을 향해 가는 에펠탑이 앞에 있으니 손이 지저분해지는 것쯤은 젊은 날의 낭만으로 치부할 수 있었다.

우리는 그곳에 앉아 저물어 가는 하늘과 물들어 가는 에펠탑을 바라보고 있었다. 내일이면 나는 서쪽의 푸아티에로, 수민은 남쪽의 툴루즈로, 경아는 동쪽의 낭시로 떠나고 윤수만 프랑스의 북부인 파리에 남게 된다. 아마 다시 만나기 쉽지 않을 것 같았다(실제로 네명이 함께 만날 수 있는 날은 이후로 없었다). 푸른 잔디밭에서 새롭게 시작될 여행을 상상하는 저녁, 센강 아래로 사라지는 옅은 햇빛은 아득하게만 보였다. 아쉬움을 달래고 그들과는 오 흐브와(Au revoir, 또 보자는 의미의 프랑스어)라는 말로 다음을 기약했다.

일주일간의 파리 여행을 마치고 일 년의 유학 생활을 무사히 마친 지금, 일 년 전의 여행을 돌이켜 보면 감회가 새롭다. 택시비나 나누어 지불하려고 들어간 곳에서 여행을 넘어 젊음의 일부를 함께할 동행을 만났고, 하루 저녁의 심심함을 달래려고 보낸 문자에서 지금껏 해 본 적 없던 새로운 방식의 여행이 시작되었다. 그리고 그날의 여행 이후로 나의 여행은 완전히 바뀌었다. 과장을 조금 보태자면 유학의 방향성이 달라졌다.

우리는 유명한 관광지를 모두 방문하지 못하더라도 주변 골목의 아름다움에 더 집중하는 여행을 했다. 함께 여행했기에 혼자라면 놓쳤을 다양한 것들을 볼 수 있었고 서로의 의견을 나누는 것으로 새로운 관점을 얻기도 했다. 또 남들이 원하는 것을 발견한 곳에서 나는 아무것도 찾을 수 없을 때가 있었던 반면, 아무도 모르는 이름 없는 골목에서 내가 진정 원하는 것을 발견하기도 했다. 보행자를 집어삼킬 듯 거대한 에펠탑도, 두 눈 뜨고 바라보기 힘들 정도로 화려한 베르사유 궁전도 아름다웠지만 지도에도 표기되지 않아서 다시는 찾아갈 수 없는 작은 골목길에 숨은 서점과 카페도 그에 뒤지지 않았다.

"남들이 정답이라고 외치는 거? 그런 거 무시해. 발걸음을 멈추고 주위를 둘러봐. 조급할 필요 없어. 때로는 작은 골목길의 아름다움에 빠져 길을 잃기도 하고, 때로는 후회도 해 봐. 그렇게 너만의 인생을 찾아가는 거야. 어때 재밌겠지? C'est la vie(그게 인생이야)!"

파리는 초보 여행자인 내게 이렇게 말하고 있었다. 이것은 파리가 나에게 선물해 준 또 하나의 새로운 시선이었다. 다시 돌아온 파리에서의 일주일은 나로서는 단 한 번도 겪어 보지 못한 낯선 여행이었고 그날의 여행은 그후로 이어질 모든 여행과 고된 유학 생활을 기꺼이 마주할 수 있는 근간이 되었다.

유학생으로 산다는 것은

푸아티에는 인구가 구만 명쯤 되는 도시로 프랑스 중서부의 비엔과 푸아투 지역의 주도이다. 중세 시대에 무역으로 막대한 부를 축적한 도시 라로셸과 보르도, 파리를 잇는 거점지로 예로부터 전략적 요충지로 사용된 요새 도시다. 가파르게 깎아지른 암석 절벽이 도시 전체를 굽어보고 프랑스에서는 좀처럼 찾아보기 어려운 높은 언덕으로 이루어진 지역이다. 고로 목축은커녕 농사를 짓기도 힘들었고 강줄기가 가늘어 무역에도 한계가 있었다.

그러나 남서부를 모두 관할할 수 있는 지정학적 이점은 이곳을 중세 시대에 이르러 행정의 중심지로 거듭나게 했다. 당시 남서부 지역은 대서양을 통한 무역으로 부를 쌓은 도시들이 즐비했고 그로 인해 막대한 세금을 거둬들일 수 있었으니 국가의 재정을 감안했을 때도 적절한 결정이었다. 그들은 이곳에 법원과 대학을 설립했고 비탈진 기암절벽을 활용해 요새화했다. 아마 높은 언덕배기에 육중한 감시탑만 한 채 지어도 마치 비행선이라도 올라탄 듯 사방을 모두 감시할 수 있었을 것이다.

그러나 이 금성철벽의 도시는 지역산업이 고질적으로 부족한 까닭에 르네상스 이후로 점점 영향력을 잃었다. 현재 도시에 남은 사람들은 크게 보아 두 종류인데 이미 은퇴를 했거나 은퇴를 앞둔 노년층이거나 가난한 대학생들이다. 두 부류 모두 물가가 높은 지역에서는 살아가기 힘들다는 공통점이 있다.

파리에서 출발한 기차에서 내려 오 킬로미터 정도 떨어진 기숙사로 향했다. 전철이나 트램이 마치 구렁이처럼 도로 위를 미끄러지는 다른 편평한 도시와 달리 이곳은 험준한 지형 탓에 오직 버스만이 언덕을 휘감아 오르는 경사 높은 도로를 누빌 수 있다. 도시 전체를 굽어보는 시내에서 기숙사가 있는 외곽 지역으로 향하는 구불구불한 도로는 쉼 없이 핸들을 돌리다가 변두리로 갈수록 점차 안정을 찾는다. 시내버스가 고가도로에 입성하면 가파른 산자락이 눈앞에 펼쳐진다. 그곳에는 단층 주택들이 위태로운 제비 집처럼 다닥다닥 운집해 있다. 그 처절한 광경을 보고 있노라면 인간의 절박한 생존 의지를 절로 떠올리게 된다. 높은 지대에 이룩한 도시인 푸아티에의 구름은 굉장히 낮고 형상이 짙어서 높은 건물에 올라가면 그 위로 올라탈 수도 있겠다는 생각이 들곤 한다.

푸아티에의 구름

내가 일 년간 머물 숙소는 구 제곱미터 단칸방이었다. 간이침대와 책상을 갖추고 있었고, 아주 작은 개인 화장실이 딸려 있었다. 주방은 공용으로 사용해야 했다. 다행인 부분은 동향이어서 오전이면 햇볕이 창을 통해 들어와 모든 것을 바싹 말렸다. 방은 작았지만 평방 일 미터 정도의 여닫이 창문 덕분에 그리 답답하지는 않았다.

도착한 직후에는 마트에서 이불과 냄비와 각종 식기류를 구매했다. 다음 날은 은행, 통신사, 집 보험과 의료보험 등에 가입했다. 정주민의 삶을 벗어난 지 열흘이 채 되지 않아, 나는 다시 짐을 풀고 정주민으로 살아갈 준비를 하고 있었고 각종 계약서에 사인을 하는 것으로 안정이라는 값싸고 달콤한 유혹에 다시 한번 스스로를 붙들어 매고 있었다.

나는 우선 TGV MAX라고 불리는 고속열차 정기권을 구매했다. 한 달에 십만 원 정도를 지불하면 고속열차를 무제한으로 탑승할 수 있는 대학생 전용 정기권이었다. 나는 어학원 수업이 없는 날과 주말이면 늘 기차를 타고 파리로 향했다. 그럴 때면 이토록 험준하고 무용한 도시가 어떻게 중세 프랑크왕국의 주요 도시가 되었는지를 확실하게 깨달을 수 있었다. 당일치기 여행으로 아침 여섯 시쯤 출발해서 밤 열한 시쯤 돌아오는 강행군이었지만 이것이 가능한 지역은 푸아티에 말고는 찾기 힘들었다. 파리뿐만 아니라 라로셸, 보르도와 같은 도시를 하루 만에 여행하는 것도 가능했다. 남서부의 대도시와 파리를 모두 한 시간 반이면 주파할 수 있는 유일한 도시였다. 따라서 남서부 대도시의 기차들이 푸아티에에서 합류하여 기차 편이 넘쳐났다.

파리에 올라가서는 주로 비자를 보여 주는 것으로 유럽의 대학생임을 증명하고 무료로 미술관을 구경했다. 외식비가 비싼 파리에서 밥을 먹는 것은 주머니 사정상 무리였고 보통은 저렴한 바게트나 크루아상으로 끼니를 해결했다. 그리고 대부분은 대로변 노천카페에 죽치고 앉아 여행자들을 바라보며 시간을 때웠다. 별달리 하는 것은 없었지만 여행에서 얻은 영감과 글감은 대개 이런 곳에서 떠올랐다.

푸아티에에 머무는 날에는 노트르담(성모를 의미하는 프랑스어) 성당이 있는 시내로 나갔다. 주로 비블리오 카페라는 카페에서 커피를 마셨다. 이곳은 비블리오(biblio: 책을 의미하는 라틴어)라는 이름에 걸맞게 다양한 서적들로 꾸며져 있다. 메뉴의 이름도 범상치 않은데 알베르 카뮈, 가스통 르루와 같은 저명한 문학가의 이름을 따서 메뉴를 만들었다. 주문할 때는 그들의 이름을 부르며 주문해야 했다. 무엇보다 이곳은 가장 저렴한 1.5유로짜리 에스프레소를 주문하고 하루 종일 머물러도 괜찮았다.

언젠가 한번은 이를 두고 젊은 카페 사장 이네스에게 질문한 적이 있다. 한국에서는 커피 한 잔당 카페에 얼마나 머물러도 괜찮은가를 두고 설왕설래가 끊이지 않는다고 덧붙였다. 그러나 철저한 이상주의자였던 이네스의 태도는 대쪽 같았다. 그녀는 애초에 카페가 왜 탄생했는지부터 프랑스혁명 당시 카페가 정치사와

지성의 발전에 미친 영향까지 들먹이며 카페에서 젊은이들이 저렴한 커피 한 잔을 앞에 두고 책을 읽고 토론하는 것은 당연한 일이라고 말했다. 카페에 죽치고 앉아 공부하던 젊은이들이 훗날 국가에 이바지하면 그게 곧 자신의 이익이라고도 했다.

그러나 그녀는 국익에 도움이 되기는커녕 단물만 빨대로 쪽쪽 빨아먹고 언젠가는 자국으로 떠나갈 외국인인 나에게도 많은 선의를 베풀었다. 한국인 내가 눈치를 슬슬 보며 커피 한 잔을 더 주문하려고 할 때면 그는 주문하지 않아도 괜찮으니 편하게 머물다 가라고 했고 가끔은 에스프레소 두 잔을 추출하고 남은 한 잔을 주기도 했다. 중고 장터에서 저렴한 가격에 구한 커피머신을 방 안에 들이기 전까지 나는 매일 이 카페에서 에스프레소 한 잔을 마시고 글을 썼다.

토요일이면 유서 깊은 전통시장이 이내 광장의 활기를 돋운다. 시내가 작은 만큼 광장도 한눈에 담을 수 있을 정도로 작아서 시장 역시 대단한 규모로 열리지는 않는다. 그러나 파릇한 녹색의 채소들, 구릿빛 포도와 새빨간 사과, 황금빛 오렌지를 포함한 시트러스 계열의 과일들이 풍기는 상큼한 냄새는 언제나 시장을 가득 채운다. 나는 시장에 나갈 때면 프랑스의 염장 소세지 소시송 (Saucisson)을 사오는 것을 잊지 않았는데 울창한 프랑스의 산림을 누비는 멧돼지로 만들어서인지 무척이나 맛이 있다. 소시송의 어원은 '짜다'라는 뜻의 라틴어 Salsus에서 기인한 만큼 짠맛이 강하다. 그래서 브르타뉴 지역의 사과를 착즙해 만든 달큰한 사과주

'시드르(Cidre)'와 함께 먹으면 일명 단짠의 조합이 말로 설명하기 힘들 정도로 완벽한 조화를 이룬다.

그러나 무엇보다 나의 시선을 끄는 장소는 따로 있었다. 거친 밀림에서 살아온 사람의 얼굴을 하고 곰처럼 거대한 덩치의 책 장수 피에르 아저씨는 작은 트럭에 중고책을 가득 싣고 와서 가판에 무성의하게 늘어놓곤 했는데 그 안에는 보물 같은 서적들이 꽤 있었다. 가격도 권당 십 유로를 넘는 법이 없었고 대부분은 오 유로 안팎으로 구매할 수 있었다. 그마저도 피에르 아저씨는 기특한 외국인이라며 가격을 흥정해 주거나 잘 팔리지 않는 어려운 철학책을 덤으로 얹어 주기도 했다. 덕분에 나는 그곳에서 팔십 년 전에 발행된 보들레르의 시집과 오십 년이나 지난 빅토르 위고의 책들 그리고 무려 1920년에 발간된 에밀 졸라의 작품을 이십 유로가 안 되는 가격에 모두 수집할 수 있었다. 광장은 오전 다섯 시부터 서서히 북적이기 시작해서 정오가 되면 일제히 철수한다. 그리고 다시 정적이 찾아온다.

푸아티에의 중고 서적 가판

일요일이 되면 도시는 잠에 든다. 버스도 거의 다니지 않고 영업중인 카페나 식당은 물론 생필품을 파는 상점조차 문을 닫는다. 일요일에 외출하면 이 도시에 나 말고는 아무도 없는 것 같은 기분이 든다. 시골 동네의 삭막함과 무료함을 이겨 내지 못하고 일요일에는 거의 매일 파리로 가는 기차에 몸을 실었다.

그렇게 파리에서 돌아오면 다시 평일이 찾아온다. 어학원이 일찍 끝나거나 파리를 가지 않는 날이면 밀린 서류를 처리하고 산책을 즐겼다. 유럽연합의 중책을 맡고 있는 선진국이라는 것이 믿기 어려울 정도로 프랑스의 서류 업무는 실로 답답하다. 코로나로 인한 봉쇄령으로 유학생들이 모두 귀국하면서 물어볼 선배 유학생도 없었다. 모든 것을 스스로 해내야 했다. 그것은 마치 공략집 없는 어려운 롤플레잉 게임을 하는 것 같았다. 푸아티에에서 만난 유학생 동료들이 열 명가량 있었지만 피차일반이었다. 행정적인 문제가 생기면 주민센터로 가서 대기표를 뽑고 기다려야 했는데, 한 시간은 우습게 흘러갔고 운이 나쁘면 두세 시간 이상을 기다려야 할 때도 종종 있었다.

이것은 사람이 많아서가 아니라 전적으로 공무원들의 업무 능력 부족에 있었다. 이미 직원과 함께 처리한 서류가 도로 문제가 되는 것이 부지기수였고 그럴 때면 나는 다음 날 다시 방문해 대기표를 뽑고 두 시간 정도를 서서 기다려야 했다. 그러나 그들의 태도는 미안해하기는커녕 당당하기까지 했다. 그들은 늘 아리송한 표정을 지으며 이 문제는 자신의 소관이 아니니 다른 부서로 가서 해결하라고 했다.

그러나 다른 부서로 가서 앞선 상황을 이야기하면 그들 역시 자신의 업무가 아니라며 떠넘기기 바빴다. A라는 서류를 해결하려면 B라는 서류가 필요한데 B 서류를 받으려면 A 서류가 필요한 난감한 상황이 매번 반복됐다. 외국인으로서 처리해야 할 문제가 산더미처럼 쌓여 있는데, 정작 해결해야 할 공무원들은 책임을 떠넘기는 데만 급급하니 방문할 때마다 화가 났다. 그렇다고 별 뾰족한 수도 없었다. 타지에서 힘을 잃은 외국인이 그것을 따지고 들 수도 없는 노릇이었다. 언제 호명될지 모르는 번호표를 손에 쥐고 책이나 한 권 읽으며 덜 무료하게 차례를 기다리는 것이 유일한 방법이었다. 그렇게 몇 번을 반복하다 보면 얼렁뚱땅 행정절차가 마무리된다.

저녁 여덟 시가 넘으면 도시 전체가 평일에도 일요일과 같은 상태가 된다. 한국에서 야행성 생활을 즐기던 나로서는 가장 적응하기 힘든 것이었다. 불빛 하나 없는 캄캄한 도시는 인터넷도 잘 터지지 않았다. 독서나 사색 말고는 할 수 있는 것이 별로 없었다. 더욱이 해가 완전히 떨어지고 고요한 침묵이 지면을 덮으면 외로움이 밤을 틈타 내습한다. 그것을 애써 떨쳐 내기 위해 매일 한 시간씩 산책을 떠난다. 그러나 컴컴한 밤거리에는 막막한 고립감과 어딘가 얼빠진 표정으로 걸어가는, 동방의 유학생만이 그곳에 존재한다.

밤이 이슥할수록 외로운 도시는 끊임없이 고대 그리스의 니오베 신화를 환기시킨다. 니오베는 테베의 왕비로 그의 아버지는 탄탈로스였고 남편은 제우스의 아들이자 테베의 왕인 암피온이다. 게다가 그녀에게는 자식이 열네 명이나 있었다. 그러나 남부러울 것 없던 니오베는 교만의 덫을 피할 수 없었다. 결국 그녀는 레토 여신의 축제 날, 자식이 두 명밖에 없는 레토 여신보다 자신이 더 뛰어난 존재라는 말을 내뱉는다. 그 말에 화가 난 레토는 자식들에게 그 사실을 일렀고 아폴론과 아르테미스가 쏜 화살에 의해 그녀의 열네 자식은 차례대로 끔찍한 최후를 맞는다. 그녀는 마지막 남은 막내딸을 옷자락으로 감추며 눈물로 애원했지만 그런 노력도 하릴없이 대지는 니오베 자식들의 피로 물들었다. 그녀의 남편 암피온 역시 참척의 고통을 이기지 못하고 자신의 가슴에 스스로 칼을 꽂는다. 하루아침에 자신을 수식하는 모든 것이 사라진 니오베는 슬픔에 젖어 마치 석상처럼 서 있다가 이내 돌로 변한다.

니오베 이야기는 여느 신화와 마찬가지로 불손한 인간들에게 겸손하라는 교훈을 주지만 홀로 산책을 할 때면 나는 엉뚱하게도 그녀가 느꼈을 상실의 고통으로 연상이 튀었다. 때로는 누군가를 단번에 죽이는 것보다 그 사람을 이루는 모든 것을 제거하는 것이 더 고통스러운 처사가 아닐까?

홀로는 아무것도 아닌, 자신을 감싼 것들이 없다면 그 자체로는 아무런 효용 가치가 없는 도시. 이곳이 더 이상 중요한 도시가 아니게 되었을 때 이곳의 사람들 역시 니오베 같은 삶을 살았을지도 모른다. 그것은 우리가 너절한 고향을 떠나 번화한 타지에서 인정받을 수 있을 거라는 교만을 범한 죄와 미지의 세계로 도전을 감행한 죄로 인해 빚어진 일일 것이다. 어쩌면 푸아티에의 학생들은 수백 년간 그런 방식으로 교만의 대가를 치르고 있었는지도 모른다. 오만함의 대가로 산꼭대기의 돌이 된 니오베, 푸아티에의 수많은 암석 절벽은 자신을 감싼 모든 것과 이별하여 살아가는 젊은 니오베들로 이루어진 것일 수도 있겠다는 재밌는 상상을 해 본다. 그렇게 나의 삶도 어김없이 서서히 이 도시의 삶에 맞춰져 갔다.

푸아티에 시청

병아리 감별사

푸아티에에 도착한 지 삼 개월 정도가 흘렀을 무렵 운이 좋아 아르바이트를 구할 수 있었다. 일자리를 제안한 사람은 김 대표 혹은 김 집사라고 불리는 오십 대 여성이었다. 그녀는 남편과 함께 푸아티에로 오는 유학생들에게 무려 이십 년 넘게 도움을 주고 있었다. 그들은 유학생들에게 단 한 번도 먼저 종교 이야기를 꺼내는 법이 없었지만 그들에게는 일종의 종교적 사명감이 있는 것 같았다.

그녀는 어느 날 나를 불러 병아리 감별사라는 아르바이트를 해보지 않겠냐고 물었다. 영화 〈미나리〉에도 등장한 직업인데 1970년대에서 1990년대 사이 많은 한국인들이 병아리 감별사로 해외 취업을 했다고 한다. 그녀와 그녀의 남편 역시 그들 중 하나로 아픈 딸의 치료를 위해 프랑스에 정착했다고 덧붙였다. 나는 그녀의 제안을 흔쾌히 수락했다. 전적으로 호기심이었다. 병아리 감별은 생전 처음 들어 보는 일인 만큼 매우 진귀한 경험이 될 것이 분명했고 책을 구상하고 있던 나로서는 언젠가 병아리 감별을 주제로 글을 쓰게 될 것임을 예감하고 있었다.

병아리 감별은 말 그대로 병아리의 성별을 구분하는 일이다. 우리가 병아리를 암수로 구분하면 병아리는 컨테이너에 실려 각각의 목적지로 운반된다. 어떤 부화장에서는 산란이 불가능한 수컷 병아리 혹은 육계의 상품성이 떨어지는 암컷 병아리들이 그대로 살처분되기도 한다. 감별사의 일상은 남들보다 조금 빠르게 시작된다. 이른 아침에 도착하는 운송 트럭 도착 시간에 맞춰 일을 끝내야 하기 때문이다. 보통은 새벽 네 시쯤 시작하는데 병아리가 많은 날은 더 일찍 출근해야 했다. 병아리 농장은 내가 사는 동네와 약 팔십 킬로미터 정도 떨어진 곳에 있었다. 그래서 두 시간 정도 일찍 일어나 나갈 채비를 했다.

늦은 새벽 비몽사몽인 상태로 농장으로 가는 차량에 탑승하면 이미 다른 감별사들이 차에서 먼저 꾸벅꾸벅 졸고 있다. 감별사의 인사는 조금 특별한데 "식사하셨어요?", "잘 지내셨어요?"가 아닌 "잘 주무셨어요?"로 안부를 묻는다. 그만큼 감별사에게 충분한 수면은 중요하다. 대답이 별로 궁금하지 않은 인사를 나누고 나면 좁은 차량 안에서 서로 몸을 부대끼며 이동하는 한 시간 동안 쪽잠을 청한다.

부화장에 도착하면 눅진한 병아리 냄새가 우리를 반긴다. 채부화하지 못한 달걀이 부패해서 나는 냄새인데 흘러나온 액체가 병아리의 털과 엉겨 붙으면 냄새가 매우 지독하다. 환복과 샤워를 마치면 창고에 넣어 둔 조명과 오래된 이발소에서나 쓸 것 같은 의자를 컨베이어벨트 앞으로 질질 끌고 와서 높이를 맞춘다. 그러면 초록색 옷을 입은 수탉 같은 체형의 기계공과 주황색 옷을 입은 입란실 직원들이 인사를 건넨다. 병아리가 나오기 전까지 커피를 마시며 오늘 처리해야 할 병아리의 수를 묻는다. 충분한 수면만큼 체력 안배 또한 중요하기 때문이다.

컨베이어벨트가 회전하고 병아리가 그 위로 쏟아져 내리기 시작하면 본격적으로 일을 시작한다. 병아리를 잡아 들고 날개를 펼치면 앞·뒷날개의 길이가 다른데 앞날개가 길거나 비슷하면 수컷이고, 뒷날개가 길면 암컷이다. 식별을 마치면 박스에 던져 분리한다. 단 모든 과정은 두당 일 초 안에 이루어져야 한다. 그러기 위해서는 한 손으로 병아리의 날개를 펴는 것과 동시에 다른 한 손은 새로운 병아리를 낚아채야 한다. 시간과의 싸움인 것이다. 이렇게 하면 쉬는 시간을 포함해서 한 시간에 약 삼천 마리 정도를 감별하게 된다.

김 대표의 남편인 이 대표는 감별사 중에서도 손꼽히는 실력을 보유한 사람이었다. 그는 한 시간에 오천 마리를 감별할 수 있는 사람이었는데 병아리를 더 잘 감별하는 방법에 대해서는 단 한 가지만을 강조했다. 바로 자신만의 속도를 유지하는 것, 한마디로 '템포'였다. 하나 둘, 하나 둘 마음속으로 숫자를 세라는 것이다. 이것은 단거리 육상이 아닌 마라톤과 같아서 일정한 속도로 페이스를 조절하는 사람이 결국 더 뛰어난 감별사로 거듭난다고 했다. 속도는 욕심부리지 말고 자신의 템포에 익숙해졌을 때 서서히 올려야 한다고 했다. 물론 가장 중요한 것은 '에러(잘못 감별된 병아리를 에러라고 부른다)'를 내지 않고 일을 마치는 것이라고 했다. 보통 하루에 십만 마리 정도를 구분해야 했는데 그의 말대로 템포를 조절하지 않으면 여섯 시간에 달하는 노동을 견뎌 낼 수 없었다.

휴식 시간에는 삶은 달걀과 소금으로 에너지를 보충했다. 묽은 똥으로 범벅이 된 병아리와 유독가스를 내뿜는 것 같은 썩은 달걀과의 사투를 마치고 달걀로 끼니를 해결하는 것은 매우 기묘한 경험이다. 그것은 선상에서 잡은 신선한 꽃게로 라면을 끓여 먹는 선원의 식사보다는 참혹한 살해 현장을 수습하고 내장탕을 후루룩 마시는 강력계 형사의 식사를 떠올리게 했다.

한편 병아리를 감별하는 일은 마치 삼국지나 오랜 역사서에 등장하는 전쟁의 한 장면을 연상시킨다. 전쟁으로 비유하면 감별사의 하루는 아마도 이렇게 표현되었을 것이다.

늦은 밤 적군의 야습 소식을 듣고 말(자동차)을 타고 광활한 평원 위를 달려 전쟁터에 도착한다. 말에서 내리기가 무섭게 전장의 피비린내(썩은 달걀 냄새)가 불어온다. 우리는 끓는 물에서 삶고 바싹 말려진 멸균복으로 갑옷을 대신하고 높은 고지(의자)에서 적을 내려다보며 다가올 전투와 밀려드는 적군의 수를 파악한다. 십만이라는 수를 직접 마주하는 것은 실로 경이롭다. 그들을 조감하며 수나라 군대의 침공을 대비하는 고구려 장수의 심정을 떠올려 본다. 그만, 생각하기를 멈춰야 한다. 내가 해야 하는 것은 당장 눈앞에 밀려드는 적군을 처리하는 것이다. 스승에게 배운 대로 하나 둘, 하나 둘, 속으로 숫자를 세며 한 명씩 베어 나간다. 전투가 길어질수록 전장에는 먼지가 쌓인다. 먼지가 날려 눈앞을 가리고 목이 가려워 기침이 나온다. 무아지경으로 적군과 싸우고 있으면 옆에 있는 지휘관이 소리친다. "조심해!" 곧이어 노란 갑옷을 입은 일반 병사가 아닌 갈색 갑옷을 입은 특수부대가 몰려온다. 하나… 둘… 하나… 둘…, 속도가 지체된다. 그렇다고 이들에게 무기를 함부로 휘두를 수는 없다. 마구잡이로 휘둘렀다간 피해가 고스란히 우리에게 돌아온다. 특수부대를 모두 대적하고 나면 공세는 소강상태로 접어든다. 시간을 보면 어느새 두 시간이 흘러 있다. 잠시 휴식을 취한다. 그리고 다시 반복한다.

여기서 등장하는 특수부대는 '샤뽕'으로 사육되는 병아리인데 미국의 칠면조와 마찬가지로 프랑스에서는 크리스마스와 새해 축제에 꼭 등장하는 중요한 식재료다. 감별이 어려운 만큼 가격도 매우 비싸서 구별을 잘못하면 감별사가 감히 상상하기 힘든 막대한 금액을 배상해야 했다. 그래서 샤뽕 병아리를 감별하고 나면 모두 진이 빠진다. 판별된 병아리 중 상품 가치가 없는 암컷은 모두 버려지고 수컷은 거세를 당한다. 거세를 당한 수컷 병아리는 '에피네뜨'라는 아무것도 보이지 않는 나무 상자에 가두고 유제품과 약간의 곡물만을 먹여 키우는데 오 개월 정도가 지나면 삼 키로가 넘어가는 작은 칠면조만 한 크기로 자라난다.

이것을 처음 먹기 시작한 사람들은 그리스 태생의 사람들이었다. 기원전 2세기 로마시대 때 연회당 사용할 수 있는 닭이 한 마리로 제한되자 한 그리스인이 수탉을 거세하고 유제품을 먹이면 거대해진다는 사실을 깨닫고 묘수로 쓰인 방법이라고 전해 온다. 푸아그라와 마찬가지로 현재에 와서는 비인도적인 사육 방식으로 갑론을박이 벌어진다.

간혹 병아리 감별이 여섯 시간을 넘어가면 이제는 병아리가 아닌 졸음과의 싸움이다. 전날 아무리 깊은 잠을 청해도 해가 뜨면 일하고 해가 지면 잠에 들도록 진화한 인간의 육체는 어쩔 수 없는 모양이다. 가끔은 옆 사람과 대화를 하며 졸음을 이겨 낸다. 그러나 천하장사도 눈꺼풀은 못 든다고 했던가. 누군가는 컨베이어 앞에서 고개를 꾸벅거리며 졸고 있고 누군가는 졸다가 의자에서 떨어지기도 한다. 나는 그럴 때면 속으로 세던 숫자를 입으로 내뱉으며 온몸으로 리듬을 맞췄다.

밤샘 근무를 마치고 대낮에 침대에 누우면 뇌는 빨리 잠에 들라며 수면 호르몬을 뿜어 댄다. 그러나 감별을 시작한 지 얼마 되지 않았을 무렵에는 일을 마치고도 쉬이 잠에 들 수 없었다. 수만 마리의 병아리가 꿈자리를 빌려 나를 짓눌렀고 수십만 마리의 병아리가 일제히 울어 대는 소리가 귀에서 맴돌았다. 병아리가 귀여울 것이라는 착각은 십만 마리의 병아리를 마주하고 나서 말끔히 지워졌다.

더구나 나는 조류 공포증이 있다. 감별을 한다고 하긴 했지만 막상 첫날 병아리를 잡으려니 공포가 엄습했다. 그들의 또렷한 눈과 날카로운 발톱, 손가락을 툭툭 건드는 부리의 쨈질에 온몸이 얼어붙었다. 그런 작은 생명의 어깻죽지를 잡아 올려 오십 센티미터 정도 떨어진 통 안으로 거칠게 던져야 하니 두려움과 미안함이 섞여 요상한 마음이 들었다. 내가 어디로 던지느냐에 따라서 이들의 여생이 결정되었고 그곳에서 나는 일종의 판관이었다. 어떤 농장으로 가는지는 알 방도가 없지만 어디로 던져도 그곳에 낙원이 없다는 사실만큼은 분명했다. 어떤 개체는 부화하지 못하고 죽은 것도 있었는데 오히려 다행이라는 생각이 들기도 했다. 그러나 이런 연민과 우수에 젖어 드는 것도 잠시였다.

한 달 정도가 지나고 나는 어느새 그것에 적응해 있었다. 조류 공포증은 없어진 지 오래였고 살고자 발버둥 치는 병아리 발톱에 손가락이 긁히면 미안함보다 짜증이 먼저 올랐다. 연약한 생명체를 딱딱한 통 속으로 툭툭 던지면서도 일말의 죄책감조차 들지 않는 그런 상태가 돼 있었다. 오직 감별 속도를 끌어올리는 데에만 관심이 있었다. 그 모습은 마치 당당하게 재판장에 입성하여 자신은 아무런 잘못이 없다는 태도로 일관한 예루살렘의 아이히만을 떠올리게 했다.

그러나 그런 연민으로 달라지는 것은 없었다. 누군가는 필히 해야 하는 일이었다. 감별사의 하루는 이런 부조리 속에서 끝이 난다. 그리고 모두가 자신만의 템포를 지키며 어제 같은 오늘을, 오늘과 같을 내일을 거듭하며 일정하게 살아 내는 푸아티에의 하루 역시 저물어 간다.

그래서인지 나는 정작 가장 오래 머문 푸아티에에 대한 기억이 그리 밝지도 않고 많지도 않다. 아침에는 아무런 열의도 없는 수

업에 참여하고 밤이면 농장으로 가는 자동차가 나를 태우러 오는 곳, 그 사이에 되풀이되는 무위의 세계와 참을 수 없는 모순, 절대 끝나지 않을 것 같은 적막함으로 가득할 뿐이다. 그러나 내가 이 도시를 떠나지 않은 데에는 이곳 어딘가에 지금의 나를 만든 어떤 익숙함이 있었음이 분명하다.

학업을 마치고 대도시로 떠나가는 학생들처럼, 주어진 생애를 마치고 어딘가로 사라지는 노인들처럼, 누군가 일부러 그려 넣은 것처럼 아름다운 푸아티에의 낮은 구름 떼 역시 파란 허공 위로 빠르게 사라져 간다. 그 아름다운 찰나를 놓치지 않으려 오늘도 잔디밭에 누워 이 도시에서 유일하게 북적이는 공간인 진청색 하늘을 바라본다.

푸아티에의 하늘

낯선 곳에서 만난 익숙함

"지구 반대편으로 떠나는데 겁나지 않아?"

프랑스 유학을 결행하고 단연코 가장 많이 들은 질문이다. 하물며 나의 아버지마저도 떠나기 직전까지 수차례 같은 질문을 던졌다. 이런 말을 들을 때면 생각해 보곤 한다. 내가 겁이 없는 사람인가? 그러나 아무리 생각해도 나는 겁이 많은 사람이다. 그냥 많은 것도 아니고 남들이 답답하게 여길 정도로 겁과 걱정이 많은 사람이다.

높은 곳이나 귀신 같은 원초적 공포는 물론이거니와 학창 시절만 하더라도 짧은 발표가 있는 날이면 과도한 긴장 때문에 두통이 왔다. 하물며 나의 일상과도 다름없던 주짓수 대회에 나가서도 벌벌 떨다가 패배하기 일쑤였다. 그러나 '이상하게도' 어딘가로 떠나야 하는 순간에는 주저하는 법이 없었다. 지도나 교통정보가 수시로 업데이트되는 스마트폰도 없던 시절, 오직 전화만이 가능한 휴대폰을 쥐고 강원도의 산골짜기로 떠나기도 했고 열일곱 살에 감행한 파리 여행도 그랬다. 나는 그 해답을 이곳에서 이루어진 우연한 만남을 통해 알 수 있었다.

2023년 어느 봄날. 정체불명의 한국인 한 명이 기숙사 복도를 서성이고 있었다. 그녀는 내게 대뜸 어디서 식수를 구할 수 있는지 물었다. 그녀는 한양대학교 무용팀 단장이며 푸아티에대학교의 초청을 받아서 왔다고 자신을 소개했다. 내가 정수기 위치를 알려 주자 그녀는 고맙다며 내일 있을 공연 티켓을 무료로 줄 테니 보러 오라고 했다. 한국팀의 공연은 무용을 모르는 내가 보기에도 수준이 꽤 높았다. 공연이 끝나고도 많은 사람들이 무용팀에 찬사를 보냈다. 특히 할머니 한 명이 큰 호응을 보였다. 그러나 프랑스어만 할 줄 아는 할머니와 영어만 할 줄 아는 무용팀의 소통이 잘 이루어지지 않았고 나는 멋진 공연을 무료로 관람한 대가로 그들의 원활한 소통을 도와주었다. 짧은 통역을 마치고 내가 자리를 뜰 때 할머니는 내게 전화번호를 건넸다. 덕분에 감사 인사를 전할 수 있었으니 자신이 식사를 한 끼 대접하겠다는 것이었다. 정수기로 시작한 작은 선의의 순환이 관극과 통역을 지나 프랑스 할머니와의 식사 자리까지 흘러간 것이다.

전화번호를 넘겨받은 지 이틀 뒤, 할머니는 직접 나를 태우러 기숙사까지 차를 몰고 왔다. 그녀는 푸아티에에서 자동차로 삼십 분 정도 떨어진 너빌이라는 마을에 살고 있었다. 그녀의 집에는 화방에서나 볼 법한 이젤이 두 개 있었고 직접 그린 그림 대여섯 점이 거실을 장식하고 있었다. 그 뒤에는 얼룩무늬 고양이 한 마리가 집 밖의 작은 정원에서 배를 발랑 까고 누워 봄을 만끽하고 있었다. 고양이의 이름은 오슬로였다. "오슬로!" 할머니가 그를 부

르자 자다 일어난 백수의 껄렁한 표정을 하고 마중을 나왔다. 그
는 꼬리를 빳빳이 세우고 나를 한 번 올려다보더니 이내 새침한
얼굴로 정강이에 머리를 비벼 댔다. 할머니는 곧 음식을 준비할
테니 자리에 앉으라고 권했다. 그러나 동방예의지국에서 평생을
살아온 청년에게는 그것이 더 어려운 일이었다. 나는 식사 준비를
돕고자 주방으로 향했다. 그런데 웬걸 냉장고에는 할머니가 직접
담근 김치가 세 통이나 있었다. 내가 놀란 기색을 표하자 할머니
는 웃음을 지으며 말했다.

"김치 좀 먹어 봐, 얼마 전에 책 보고 만들었는데 아주 맛있어."

제대로 된 김치를 먹어 봤을 리가 만무한 프랑스 할머니의 김
치에서 신기하게도 내가 평생 먹어 온 김치와 동일한 맛이 났다.
역시 김치는 할머니 손맛으로 만들어지는 것인가. 요리를 모두 마
치니 감자그라탱과 스테이크, 김치가 어우러진 난해한 조합의 한
상이 차려졌다. 정반대의 음식이었지만 나름 훌륭한 조화를 만들
어 냈다. 브리짓이라는 이름의 할머니는 칠순이 넘는 나이에도 불
구하고 얼마 전 한국어 공부를 시작했고 죽기 전에 한국 여행을
하는 것이 꿈인 사람이었다. 그녀는 한국 드라마를 통해 한국 문
화에 관심을 갖게 됐다고 했다.

프랑스 할머니가 직접 담근 김치

우리는 한 달에 한 번 정도 만났는데 한국을 꿈꾸는 프랑스 노인과 프랑스를 꿈꾸며 날아온 한국 청년의 대화는 끊어질 기미 없이 이어졌다. 그러다 문득 시계를 보면 무려 네 시간, 다섯 시간이 훌쩍 지나 있었다. 나는 그녀에게 프랑스 옛날이야기를 듣는 것을 즐겼다. 식사는 항상 메인 요리와 디저트, 치즈와 와인으로 가득했고 집으로 돌아갈 쯤에는 안전벨트를 매는 것이 고통스러울 정도로 배가 불렀다. 양손에는 할머니가 쥐여 준 음식과 김치가 한가득 들려 있었다. 그 순간이 올 때면 할머니는 매번 눈시울을 붉혔고 다음에 올 때는 빨랫거리를 챙겨 오라고 했다.

유치원도 다니기 이전의 어린 시절, 차로 한 시간 반 정도 떨어진 조부모 댁을 거의 매주 방문했다. 토요일이면 나의 할아버지는 마당에 있는 쩍쩍 갈라진 방갈로에 걸터앉아 차 한 대가 겨우 드나들 수 있는 구불구불한 비포장도로를 바라보며 내가 도착하기를 하염없이 기다렸다. 내가 도착하면 그는 자신의 하얀색 1세대 아반떼에 나를 태우고 동네방네를 쏘다니며 손주 자랑을 했다. 지금 생각해 보건대 아마도 그는 친구들로부터 많은 부러움을 샀을 것이다.

일요일 점심에는 꼭 강가로 데리고 나갔다. 내가 강에서 신나게 놀고 나면 옷이 쫄딱 젖었고 빨래를 해야 하니 어쩔 수 없이 늦은 밤에 귀가해야 했기 때문이다. 그럼에도 어김없이 이별의 시간이 찾아오면 그는 손수 나무를 깎아 만든 장난감을 내 손 한가득 쥐여 주었다. 그리고 자동차 시동이 걸리면 먼발치에서 눈물을 보였다.

초등학교를 마치기 전까지 나는 그곳에서 존중과 사랑을 받으면서 자랐다. 어린 나에게 그것은 여행이나 다름없었다. 그러니까 나에게 여행이란 어딘가로 떠나고 그곳에서 사랑으로 받아들여지는 경험이었고 아쉬움 가득한 이별을 통해 나의 가치를 확인받는 것이었다. 어쩌면 내가 타지로 떠나는 것이 두렵지 않은 이유는 여행지에서 마주할 환대와 사랑에 있었는지도 모른다. 나는 어른이 되어서도, 자동차로 한 시간 반이 아니라 비행기로 열네 시간을 날아오면서도 그런 경험을 기대했던 것이다. 예컨대 콜럼버스나 아메리고 같은 저명한 탐험가들도 위험을 능가할 만한 무언가가 존재하지 않았다면 아마 그런 모험을 떠나지 못했을 것이다. 어린 시절에 겪은 환대와 사랑은 훗날 생명의 위협을 감수할 정도로 소중한 것이 되었고 내게 여행이란 잃어버린 그것을 얻기 위해 떠난 하나의 모험이었던 것이다. 그리고 그것은 바로 이곳에 있었다.

그녀는 구형 푸조에 나를 태우고 주로 염소 농장이나 포도밭에 데려갔다. 그곳에 있는 사람들에게 나를 한국에서 온 손주라고 소개하는 것을 잊는 법이 없었다. 그러면 편안한 자세로 한가로이 마루에 앉아 있던 다른 할머니들은 나를 보며 무심한 표정으로 한마디씩 툭툭 건넸다.

"브리짓 손주라고? 할매, 손주가 놀러도 오고 성공했네."

"한국에서 온 아가야, 염소 젖 한번 짜 볼텨?"

"이리 와, 요구르트 하나 먹고 가."

"할매들 잠깐 수다 떨 동안 심심하면 절루 가서 포도 따 먹어."

나는 사투리가 섞인 그들의 말을 이해하려고 노력하면서도 붉어지는 눈시울을 감추느라 애를 먹었다. 그것은 전적으로 사랑과 환대 때문이었다. 십오 년 전의 강원도 시골 마을이 거기, 프랑스의 한 시골 마을에 있었던 것이다. 나는 할머니 바로 옆에 걸터앉아 그들이 나누는 담소를 훔쳐 들으며 저 멀리 광활하게 펼쳐진 포도밭과 염소 농장을 바라보았다. 포도밭 대신 고구마밭과 옥수수밭이 펼쳐졌다는 것, 염소가 아닌 닭과 똥개가 돌아다녔다는 것 말고는 달라진 것이 없었다. 알아듣기 힘든 사투리도 그대로였고 그럼에도 온전히 전해지는 정겨운 사랑 역시 그 자리에 있었다.

한때는 융성했을 로마의 초라한 광장

푸아티에에서 만난 한 친구가 했던 말을 기억한다. "나는 우리가 열심히 사는 이유는 결국 더 사랑받기 위해서가 아닐까 생각해." 함께 대화를 나눈 시간은 찰나였지만 인상이 강렬했다. 매우 논리적인 사람이었고 동갑이었음에도 경외심이 드는 범상치 않은 사람이었다.

나는 언젠가 이탈리아 로마의 한 광장을 굽어보며 그녀의 말을 회상했다. 로마는 영원불멸할 것만 같았던 모든 것들의 초라한 잔해를 보여 주는 도시다. 자신의 아버지이자 시간의 신 크로노스를 몰아내고 영생을 얻었다는 제우스와 올림포스 신들의 신전은 모두 처참히 부서졌다. 이제는 앙상한 뼈대만 간신히 남아 존재를 겨우 확인받는 데 그친다. 영생할 줄 알았던 그들 역시 결국 크로노스 앞에 무릎을 꿇은 것이다. 영원불멸하고자 했던 강력한 신들마저도 시간을 거역할 수 없다면 한낱 인간의 삶은 얼마나 부질없고 빠르게 흐르며 얼마나 작은가? 아무리 원대한 인생의 목표일지라도 시간 앞에 흩어지는 덧없는 것이라면 우리는 어떤 삶을 살아야 하는가? 로마는 시간을 거스를 수 없는 운명이 점지된 여행자를 붙들고 자신이 간직한 시간의 흐름과 그것의 덧없음을 거듭 내보이며 질문한다. 나는 로마를 떠나오던 날이 돼서야 그 대답을 할 수 있었다. 그녀의 말대로 우리가 살아가는 이유는 결국 사랑하기 위해서라고.

자식과 부모, 남자와 여자 그리고 오랜 친구들, 형태는 모두 달랐지만 뼈대만 남은 황량한 광장에서 그들은 모두 사랑을 나누고 있었다. 모든 신념이 무너진 그곳에서 유일하게 살아남은 것은 바로 사랑이었다.

여행자의 진정한 여행은 현지인의 환대를 통해 비로소 이루어진다. 그리고 환대에는 사랑이 깃들어 있다. 오랜만에 놀러 온 손주의 볼이 홀쭉해졌다며 십 인분의 음식을 준비하는, 하나라도 더 보여 주고 싶고, 하나라도 더 챙겨 주고 싶은 할머니의 마음은 어디에서나 똑같았다.

할 줄 아는 거라곤 투정밖에 없던 십오 년 전의 어린 손주도 시간이 흘러 나이를 먹은 것일까? 이별에 눈물 흘리던 노인의 마음을 그때는 전혀 이해할 수 없었지만, 뒤돌아 떨어뜨리던 그의 눈물이 이제는 다시 볼 수 없는 그들을 그리는 손주의 눈망울에서 일렁인다.

흘러가는 시간 앞에 인간의 사랑 따위는 너무도 무기력하게 흩어지고 또 갑작스럽게 사라지지만 그럼에도 사랑하며 사는 것이 인간이고 인생의 유일한 가치이길 바라 본다.

프랑스 할머니와의 식사

데스페라도

2023년 4월의 어느 날. 나는 프랑스 남부의 한 기차역에서 쫓겨나 야외에 아무렇게나 방치된 퇴색한 대리석 구조물에 누워 있었다. 저가 항공사가 주로 취항하는 공항이 아니라면 보통의 여행자에게 이런 상황은 여간해선 찾아오지 않는다. 특히 기차역에서는 더더욱. 나 역시 이런 상황은 처음이었다. 도대체 무슨 일이 벌어진 것인가, 정당한 값을 지불하고 기차를 예매한 나는 어떤 이유를 들어 쫓겨난 것이며, 반건조 오징어의 모습을 하고 싸늘한 바윗등에 널려 있는가, 도무지 상황 파악이 되질 않았다. 이미 집으로부터 구백 킬로미터를 떠나온 탓에 돌아갈 수도 없었다.

"하…." 탄식이 나왔다. 깊은 한숨처럼 보이는 그것은 사실 외마디 신음 혹은 비명에 더 가까웠다. 시간이 흐를수록 그것은 체념 어린 침묵으로 변해 갔다.

이 모든 일의 시작은 2022년 9월로 거슬러 올라간다. 그때의 나는 일종의 고집을 부리고 있었다. 아마도 그 무렵 흥미롭게 읽은 여행기의 영향이었으리라. '여행 준비의 기술'을 전하는 유쾌한 책의 저자는 취향의 중요성을 강조한다. 평소에 박물관을 가지 않는 사람이라면 여행지라고 해서 굳이 박물관에 갈 필요가 없다는 것이다. 나 역시 프랑스로 떠나오기 직전까지 그런 마음을 품고 있었다. 진정한 여행자로 거듭나기 위해 '관광객이 할 법한' 행동은 일절 하지 않겠다는 일종의 자기현시욕과 허영심에 사로잡혀 있던 것이다.

그러나 피톤은 아폴론에 의해 죽음을 맞는다는 자신의 운명을 피하기 위해 레토를 잡아먹으려다가 그로 인해 원한을 품은 아폴론의 활에 운명을 맞았다. 오이디푸스 역시 자신의 운명을 피하려고 발버둥치지만 그 발버둥 때문에 아버지를 죽이고 어머니와 결혼하게 된다. 여행을 떠나오기 전의 다짐은 마치 그리스신화식 예언이 되어 나를 옭아맸다. 나 역시 누구나 겪어야만 하는 초보 여행자의 숙명을 피하려고 했지만 그 오만함 때문에 초심자의 실수를 면할 수 없었던 것이다.

내가 예언을 벗어나게 된 것은 바로 윤수와 경아를 따라 들어간 프랑스의 오르세 미술관에서였다. 나는 그때까지도 오만한 태도를 하고 있었다. 미술관의 초입부터 추정 가치가 억 단위를 우습게 넘기는 작품이 즐비했다. 그중 어떤 것은 학창 시절 미술 교과서에서 본 것도 있었다. 그러나 어떤 작품도 내게 달콤한 아이스크림이 혀에 닿는 것 이상의 기쁨을 주지는 못했다.

'그래 내 생각이 맞았어, 역시나 그림은 별 볼 일 없군.' 그런 생각을 하며 마지막 관람 순서인 인상주의 전시관으로 발걸음을 옮겼다. 그리고 나는 한 점의 그림 앞에서 얼어붙었다. 군청색 물감

위에 노란 별빛이 마치 만개한 꽃잎처럼 시선을 홀렸다. 마치 물결이 휘몰아치는 듯 정면으로 강렬하게 뻗친 물감에 빠져 버린 것이다. 작품의 이름은 〈론강의 별이 빛나는 밤〉이었다. 그 순간에 나는 1888년 아를의 여름밤으로 잠시 들어가 있었다. 또한 나의 서투른 다짐이 무너진 순간이기도 했다.

이후로 나는 일주일에 한 번씩 그 그림을 보러 갔다. 때로는 한 시간을 가만히 보고 있기도 했다. 그로부터 두 달이 지난 어느 날 그림이 사라져 있었다. 보안 요원에게 물어보니 전시차 미국으로 갔는데 기한은 아직 잘 모르겠다고 했다. 그러나 그림은 석 달이 지나고 넉 달이 지나도 돌아오지 않았다. 이루지 못한 사랑이 더 크다는 법은 그림에게도 동일하게 적용됐다. 열 번째 헛걸음을 하던 날 나는 결심했다, 아를에 가기로. 고흐가 붓으로 춤을 추던 그 자리에서 그가 보았을 밤하늘을 직접 보겠노라고.

빈센트 반 고흐의 〈론강의 별이 빛나는 밤〉, 오르세 미술관 소장

먼저 아를로 향하는 기차표가 있는지 알아보았다. 다행히 파리에서 직행으로 뻗은 노선이 하루에 두 번 있었다. 당장 다음 주에 출발하는 기차표를 구매했다. 그러나 그 기차 편은 마크롱 대통령이 강행한 연금 개혁 시위의 영향으로 곧 취소되었다. 나는 다음 주에 출발하는 기차 편을 새로 잡았다. 그러나 그것도 하루 전날 취소되고 말았다. 같은 이유에서였다. 다음 주도 다다음 주도 같은 일이 벌어졌다. 그사이에 이미 고흐의 그림은 다시 프랑스로 돌아온 후였다. 나는 벌써 네 번째 교환한 티켓을 환불받았다. 그쯤 나는 파업에 진절머리가 난 상태였다. 그리고 다른 도시를 경유해서 가는 기차 편을 구매했다. 대규모 시위에도 불구하고 그 지역으로 가는 기차만큼은 운행을 멈추지 않았기 때문이다. 나의 예상은 적중했다. 무탈히 승객을 태운 고속열차는 파리에서 출발하여 프랑스 남부로 서진하기 시작했다. 환승역에서 급행열차를 타고 한 시간 정도를 더 달리면 내가 그토록 보고 싶던 풍경이 눈앞에 펼쳐질 것이 분명했다.

환승역은 오래된 미국 서부영화에 등장할 법한 황량하고 넓은 평야에 둘러싸여 있었다. 텅 빈 바다에서 일렁이는 파도의 물결을 보는 것처럼 아무도 없는 넓은 평원에 모래 회오리가 이는 장면은 실로 경이로웠다. 나는 눈과 코를 가리고 환승할 기차가 오는 탑승구로 향했다. 그러나 이십 분이 지나도록 내가 타야 할 기차는 오지 않았다. 별다른 안내 방송도 없었다. 뭐 프랑스에서 이런 일이야 흔히 겪는 일이었다. 나는 대수롭지 않게 생각하고 조금 더 기다려 보기로 했다. 그러나 오라는 기차는 시간이 한참 지나도 오지 않았다. 대신에 수염이 뾰족한 역무원이 다가왔다. 그는 대뜸 내게 나가라는 손짓을 했다. 이유를 캐물으니 이 탑승구는 폐쇄됐단다. 그럼 내가 예매한 기차는? 그는 어깨를 한껏 추켜올리며 자기도 모른다는 표정을 지었다. 또 오늘은 갑작스런 대규모 파업으로 곧 기차역을 닫는다고 했다. 마지막 기차는 두 시간 뒤에 아비뇽으로 가는 열차인데 그것도 이곳에서 멈출지는 잘 모르겠다고 했다.

나는 휴대폰으로 지도를 열었다. 내가 내린 역은 가장 가까운 도심과 십오 킬로미터 떨어져 있었다. 머리가 하얘졌다. 그럼 아를에는 어떻게 가야 한단 말인가, 아니 그보다 먼저 오늘 묵을 곳은 있을까? 조금 전 마주한 삭막한 황야의 경이로움이 아찔한 두려움으로 변하는 것은 찰나였다. 〈1박 2일〉 같은 고전 예능프로그램도 아닌데 중간 낙오라니, 어이가 없었다.

나는 기차역 바깥에 방치된 대리석 구조물에 벌러덩 드러누웠다. 탄식이 거듭 나왔지만 이내 잠잠해졌다. 그렇게 무력감에 압도당하여 삼십 분 정도를 누워 있었다. 내가 지금 할 수 있는 일은 무엇인가, 외딴 역에 버려진 절체절명의 순간 나는 약간의 고심을 해 보았다. 우선 십오 킬로미터 떨어진 시내로 걸어갈 엄두는 나지 않았다. 무엇보다 그건 너무 위험했다. 그러면 남은 선택지는 무엇인가? 그저 내리쬐는 지중해의 햇살에 집중하는 것이었다. 그저 아비뇽으로 가는 기차가 무사히 도착하기를 하늘에 맡기는 수밖에 없었다. 걱정으로 해결되는 일도 아니지 않은가. 그렇게 생각하니 오히려 마음이 평정을 되찾았다. 어쩌면 삶에서도 이와 비슷한 상황을 마주할 때가 있지 않던가. 각고의 노력 끝에도 손쓸 수 없는 공백이 생기고, 그저 기다리며 상황을 지켜보는 것만이 유일한 답인 그런 상황. 그럴 때 우리는 초조해지고 때로 낙담한다. 그러나 반대로 생각하면 그럴 필요가 전혀 없는 것이다. 달라질 것은 아무것도 없고 그저 시간을 시간에 맡기는 것, 내 앞에 놓인 것에 온전히 집중하는 것.

나는 뙤약볕 아래서 생각했다. 이렇게 따사로운 햇살을 맞아 본 적이 있던가, 그리고 지금이 아니라면 언제 햇볕을 쬐는 데만 집중할 수 있을까. 듣던 대로 유럽 남부 지중해의 맹렬한 햇살은 초봄에도 한여름처럼 뜨거웠다. 물에 젖으면 더 이상 물에 젖을 걱정을 하지 않아도 된다는 누군가의 말이 떠올랐다. '바라지 않던' 상황인 파업을 피하려다가 상상도 못 한 더 황당한 상황에 맞닥뜨렸지만 막상 겪어 보니 별일 아니었다.

한 시간 정도가 흐르고 아까 나를 쫓아낸 뾰족 수염의 역무원이 기쁜 얼굴로 걸어왔다. 아비뇽으로 가는 기차가 곧 출발한다는 반가운 소식을 건네러 온 것이었다. 그는 아비뇽에서 다른 기차를 타면 아마도 아를에 갈 수 있을 것이라고 했다. 두 시간을 기다린 기차는 삼십 분을 달려 아비뇽에 도착했다. 직전 역에서의 오랜 기다림과 달리 아비뇽에서는 단 오 분 만에 환승을 마쳐야 했다. 아비뇽에서 헐레벌떡 탑승한 아를행 기차는 사이프러스가 늘어선 구릉을 통과하는 위태로운 선로 위를 달려 무사히 목적지에 도착했다. 아를에 도착했을 때 해는 이미 강렬한 빨간색 띄고 있었다.

나는 그제서야 '바라던 대로' 그가 그림을 그렸던 곳들을 방문했다. 아를은 조용한 도시였다. 고대 로마의 주요 도시로 여겨지던 아를은 프랑스보다 이탈리아 또는 스페인의 정열적인 색채가 묻어 났다. 어둠이 거리를 덮을 무렵에는 론강의 강변에 자리를 잡고 앉았다. 그곳에서 나는 고흐가 그림을 그렸을 풍경을 바라보았다. 백오십 년이 흘렀지만 가로등의 연료 체계가 가스에서 전기로 바뀌었다는 것 말고는 달라진 것이 없었다. 내가 미술관에서 마주한 작품이 바로 거기에 있었다. 빛나는 별빛과 일렁이는 론강의 물결과 윤슬, 그 위로 잔잔하게 반사되어 흩어지는 가로등의 불빛, 고흐가 백 년 전에 본 풍경도 이와 크게 다르지 않았을 것이다. 나는 그곳에 앉아 그날의 우연한 만남이 나를 어떻게 바꿔 놓았는지를 생각하고 있었다. 그러나 그런 상념에 잠기는 것도 잠시였다. 내일 집으로 향하는 기차가 파업으로 취소됐다는 메일이 왔다. 그러나 이제는 그것이 두렵지 않았다. 다른 대도시를 통해 파리로 가는 기차가 있으면 좋고, 만일 없더라도 여기서 하루 더 머물면 되는 것이다. 어쨌든 또 다시 황야에 버려질 일만큼은 없지 않은가.

고흐가 〈별이 빛나는 밤〉을 그린 론강의 항구

밤의 카페 테라스

나는 어두워진 아를의 골목을 걸었다. 벽면에 껄렁한 젊은이들이 에어로졸 스프레이로 그려 넣었을 그라피티가 있었다. 그곳에 커다랗게 적힌 'Desesperado'라는 단어가 시선을 끌었다. 왠지 16세기에 태어났다면 무적함대에 승선하여 이곳의 바다를 누볐을 청년이 휘갈겼을 것 같은 필체였다. 아마 평소라면 심상하게 지나쳤을 단어였다. 그러나 기차역에서 겪은 일련의 사건이 겹치면서 이 문구는 문득 시적인 분위기를 풍겼다. 오늘날에는 무법자 정도로 해석되는 그 단어가 내게는 이렇게 읽혔다.

'바라지 않는 현실.'

Desperado는 '반대'를 뜻하는 접두사 Des와 '바라다'라는 뜻의 라틴어 Esperarer가 합쳐지며 탄생한 단어다. 그러니까 어원으로만 해석해 보자면 '바라지 않다' 정도로 볼 수 있다. '무법자'나 '죽음이 두렵지 않은 자'와 같은 단어로 변한 이유는 추측해 보건대 그들은 원하는 것이 없기 때문일 것이다(미래에 대한 기대를 하지 않는다고 하는 편이 더 적절할 것 같다).

돌아보면 지난 여행에서 나는 이런 경험을 꽤 자주 할 수 있었다. 다음 챕터에서 이야기할 이탈리아 여행도 결국 '바라지 않는 현실'에서 시작되었다. 내 기억에 오래 저장된 여행들은 대체로 그런 것들이었다.

아를에서 돌아온 지 한참이 지난 지금에서야 나는 스스로에게 묻는다. 어떤 것이 더 아름다웠는지를. 아를의 강변은 눈물이 흘러나올 만큼 감격스러웠다. 그러나 무사히 여행을 마치고 안전한

방에서 글을 쓰는 지금, 가장 그리운 순간은 아무것도 할 수 없다는 무력감에 빠져 따가운 햇살에만 집중하던 바로 그 순간이다. 나는 그날의 햇볕을 그 어디에서도 다시 만난 적이 없다.

프랑스에는 'C'est la vie(쎄 라 비)'라는 표현이 있다. 직역하면 '그것이 인생이다' 정도로 해석된다. 내가 만난 프랑스인들은 이 표현을 진심으로 사랑했다. 그들은 어떤 난관이 닥칠 때면 인생은 원래 이런 것이라며 스스로 위안 삼았다. 한번은 프랑스인 친구들과 간단한 트레킹을 떠난 적이 있다. 산책과 등산 그 사이 어딘가에 있는 행위였다. 그러나 길을 안내하던 친구가 길을 잘못 드는 바람에 막다른 길을 만나게 되었다. 작열하는 태양과 질척이는 땀에 신경이 예민해진 나는 짜증을 냈다. 그때 옆에서 묵묵히 따라오던 친구가 느긋하게 말했다. "쎄 라 비". 이어지는 그의 말은 더욱 가관이었다. 이 길과 풍경을 아는 사람은 우리밖에 없으니 더욱 소중한 경험이라는 것이다. 그 한마디에 나의 내면에서는 알 수 없는 감정이 치밀어 올랐고 한동안 어떤 말도 내뱉을 수 없었다. 정체 모를 감정의 이름은 아마도 부끄러움이었으리라. 어떤 이는 여행을 하다가 길을 잘못 들면 시간을 낭비했다고 짜증을 낸다. 그러나 '쎄 라 비'를 외치는 이는 아무도 모르는 풍경을 만나게 되었다며 기뻐한다. 그런 의미에서 이 책의 서문 '오히려 좋아'와 프랑스인들의 'C'est la vie', 내가 해석한 아를의 'Desperado'의 의미는 같았을지도 모른다.

또 그것은 고생 끝에 낙이 올 거라는 일종의 미신적 기대의 소산이자 자기합리화의 산물처럼 보이기도 한다. 그러나 세상만사 일장일단이라면 장점을 보고 살아갈지 단점을 보고 살아갈지는 세상을 여행하는 여행자의 몫이 아니겠는가.

여행을 떠나기 전날, 기차가 파업할 것이라는 사실을 나는 이미 예측했었을지도 모른다. 그러나 나는 철도 알림을 단 한 번도 확인하지 않았다. 차라리 그것을 모른다면 (최소한 그때만큼은) 훌쩍 떠날 수 있지만 그것을 미리 알게 된다면 아마도 떠나지 못했을 것이기 때문이다. 나는 어쩌면 내심 기차가 중간에 멈춰 서버리기를, 절망적일 정도로 외딴곳에 버려 주기를 바라고 있었는지도 모른다.

아를의 늦은 밤, 스페인 청년들이 가득한 젊은 펍에서 주문한 달큰하고 시원한 생맥주의 이름은 공교롭게도 'Desperados'였다.

아를의 골목 어귀

Carpe Diem
"현재를 잡아라"

Chapter 2

ITALIA

무계획 여행

2022년 시월의 어느 날, 나는 그간 해 본 적 없는 방식의 여행을 결행했다. 어디로 갈지, 어떤 것을 먹을지, 어디서 묵어갈지, 첫 번째 행선지가 스트라스부르라는 것 말고는 아무것도 결정된 것이 없었다. '어서 교통편을 예매해, 숙소를 잡아.' 나의 내면 어디에선가 메아리치는 소리가 들렸다. 평소라면 아마도 여행에서 최소한의 안전장치로 여겨지는 숙소와 교통편 정도는 예매했을 것이다. 그러나 이번에는 그 무엇도 하지 않았다. 여행 내내 나의 육감에 집중했고 말도 잘 통하지 않는 곳에서 문제에 당면할 때면 나의 생존력에 전적으로 의존했다.

유학을 떠나오기 전의 나는 계획을 세우고 그 계획을 이행하는 것을 최고의 성취로 여기며 살았다. 요즘 유행하는 단어로 표현하면 확신의 J(Judging: 판단형 인간)라고도 할 수 있겠다. 그러나 계획이란 어긋나기 일쑤고 그런 변수에 마주쳤을 때 나는 매번 불안함에 사로잡혔다. 여행의 목적이 내가 원하는 무언가를 얻고자 떠나는 것이라면 이번 여행에서 내 목표는 계획형 인간을 벗어나는 것이었다.

여행이 시작하던 날, 이른 아침에 일어나 나갈 채비를 했다. 어쩌면 지금 하는 샤워가 마지막일지도 몰랐다. 여름이 지나고 날씨가 제법 쌀쌀해지고 있던 터라 두꺼운 외투를 챙겨 입었다. 기숙사 방의 모든 전기를 차단하고 의자 위에 놓인 가방을 들어 올렸다. 여행 내내 전부 사용하지 못할 것이 분명했지만 이미 많은 걱정을 하고 있는 내게 더 이상 요구하지는 말기로 하자. 십 킬로그램은 족히 될 것 같은 행장을 어깨에 매는 모습은 영화 〈300〉의 스파르타 군인이 둥근 방패를 짊어지는 장면을 연상시켰다. 전쟁터의 유일한 방어 수단인 방패와 같이 각종 생필품이 가득한 배낭은 여행길에서 나를 지켜 줄 유일한 물건이었다. 빗줄기를 뚫고 기차역에 도착하자 기분 나쁜 습기가 척척하게 감겨들었다.

나는 유일하게 히터가 설치된 역내의 대합실 귀퉁이에 자리를 잡았다. 기차가 출발하기 삼십 분 전 역사 전광판에 탑승구가 공지되었고 사람들은 탑승구로 향했다. 문득 프랑스에서 처음 고속열차를 타던 날이 떠올랐다. 앞선 일주일간의 파리 여행을 마치고 푸아티에로 가려던 때였다. 나는 당시 한국의 KTX조차 한 번도 타 본 적이 없었고 프랑스의 철도 시스템 역시 알지 못했다.

한 시간 전에 도착해 프랑스 남서부로 향하는 모든 기차가 입출차 하는 거대한 종합 터미널 내부를 미아처럼 떠돌아다녔다. 기차의 탑승구가 삼십 분 전에야 공지된다는 사실을 몰랐던 것이다. 등에는 십오 킬로그램에 달하는 배낭이 있었고, 손은 삼십 킬로그램에 달하는 캐리어 손잡이를 쥐고 있었다. 직원에게 질문해도 그들은 아무런 신호도 점멸되지 않은 전광판을 가리키며 나도 모른다는 대답만을 반복했다. 그들은 아마 '아직' 모른다는 뜻으로 말했을 것이다. 그러나 불안했던 나는 그 대답을 오해하고 말았다. 이곳에서 출발하는 것이 아닐지도 모른다고 받아들였던 것이다. 파리의 몽파르나스역은 규모가 큰 탓에 여러 개의 라운지로 나뉘어 있다. 나는 혹여 기차를 놓치면 기숙사에 갈 수 없을지도 모른다는 생각에 잠식되었고 결국 삼십 분간 모든 라운지를 들쑤시고 다녔다.

삼십 분 전에 게이트가 공지되고 그제야 나는 안도할 수 있었다. 지금 돌이켜 보면 우스꽝스러운 일이지만 당시에는 정말 패닉에 빠져 있었다. 불과 세 달도 채 지나지 않은 그날의 기억이 떠오르자 옅은 웃음이 났다. 인생에서 경험이 중요한 이유는 바로 이런 것이 아닐까 생각했다. 인간이란 자신의 상상을 뛰어넘는 상황에 마주했을 때 공포를 느끼는 존재다. 그 말인즉 우리가 두려움을 느끼는 것은 결국 미지의 존재다. 우리가 그것을 경험하고 알게 된다면 더 이상 그것은 두렵지 않게 된다(최소한 그 이전보다는). 이번 여행을 무사히 마치면 나는 더 이상 이런 상황에 두려움을 느끼지 않을 수 있을까?

숨을 고르는 TGV

파리를 향해 내달리는 기차는 웬일로 순조롭게 운행되는 듯했다. 그러나 삶이란 결코 순탄히 진행되지 않는 것임을 암시하듯, 기차는 이십 분이나 늦게 파리에 도착했다. 이유라고 할 것도 없었다. 이십사 시간이나 되는 긴 하루에 그깟 이십 분 늦는 게 무슨 대수냐는 태도였다. 대부분의 승객들도 그러려니 하는 눈치였다. 그러나 나는 그럴 수 없었다.

스트라스부르로 가는 기차를 타려면 지하철로 이동해야 했는데 그 시간이 고작 삼십 분밖에 남지 않았던 것이다. 가방끈을 졸라매고 장장 이 킬로미터를 쉬지 않고 달렸다. 그 덕에 삼 분 정도를 남기고 겨우 열차에 탑승할 수 있었다. 먹다 남은 젤라또처럼 땀방울이 구레나룻을 미끄럼틀 삼아 주룩 미끄러졌다. 무계획 여행의 유일한 계획인 기차에 변동이 생겨 진을 뺀 것은 마치 이번 여행이 촉발할 변화에 대한 일종의 암시처럼 보이기도 했다.

한 시간 반을 달려 도착한 스트라스부르는 아름다운 도시였다. 하루 동안 스트라스부르를 구경하고 나는 다음 행선지를 고민했다. 다음으로 여행할 도시는 바로 프라이부르크였다. 이유로는 정돈된 이미지의 나라 독일에 막연한 기대가 있었다. 무엇보다 스트라스부르와 프라이부르크는 버스로 두 시간이 채 걸리지 않았다. 버스는 정시에 맞춰 도착했고 국경을 넘는 만큼 꼼꼼한 여권검사를 마쳐야 했다. 사람을 가득 실은 버스는 프랑스와 독일의 국경을 가로지르는 라인강을 건너 프라이부르크로 향했다. 동시에 나의 언어는 효력을 잃었고 이제는 유학생이 아닌 여행자가 된 시점이었다.

그런데 여기서 문제가 생겼다. 분명 전 유럽에서 사용할 수 있는 유심이라고 했는데 국경을 넘으면서 인터넷 신호가 사라진 것이다. 나는 불안해졌다. 영어도 잘 못하는데 인터넷이 안 되면 번역기는 물론 지도도 사용할 수 없을 터였다. 그렇게 되면 여행이고 뭐고 도로 버스를 타고 프랑스로 돌아가야 할지도 몰랐다. 아니, 그보다 돌아갈 버스 티켓을 사는 것도 문제였다. 프라이부르크에 내려서도 인터넷 신호는 여전히 잡히지 않았다. 다행히 프라이부르크의 버스터미널에 앉아 휴대폰을 서너 차례 재부팅하니 신호가 잡혔다.

국경을 넘었다는 통신사 메시지와 외교부의 각종 안전 지침 메시지가 쏟아졌다. 그제서야 나는 한 국가의 보호를 받고 있는, 여전히 신원이 멀쩡한 국민임을 확인했고 안도감이 들었다.

프랑스에서 출발한 버스가 국경을 넘는 동안 해는 기울었고 날씨는 쌀쌀했다. 배낭 한구석에 처박아 둔 카디건과 플리스를 겹겹이 껴입고 시내로 향했다. 대부분의 가게는 이미 문을 닫았고 도로에는 그 위를 뱀처럼 미끄러지는 몇 대의 트램만이 남아 있었다. 나는 아직 영업 중인 빵집 문을 열고 들어갔다. 빵을 고르고 계산을 하려는데 카드 결제 오류가 계속해서 발생했다. 그러자 나이가 지긋한 빵집 주인은 독일어로 몇 마디를 건네더니 내가 잘 알아듣지 못하자 나가라며 손을 저었다. 나는 현금을 내겠다고 했으나 그녀는 이미 판매할 마음이 없었다. 눈길 한 번 주지 않고 나가라며 손짓하는 노파를 뒤로하고 다시 길가로 나왔다. 시간이 너무 늦은 탓에 열려 있는 동네 마트도 없었다. 나는 배가 고픈 것도 잊은 채 자정까지 영업을 하는 맥주 펍으로 향했다. 직원들은 정제되고 친절한 미소로 맞아 주었다. 그러나 어딘가 차가운 구석이 있었다. 프랑스 식당의 정겨운 분위기가 새삼 그리워졌다.

오전까지만 해도 프라이부르크에서 하룻밤을 묵어가려 했지만 이미 마음이 떠난 도시에 더 이상 머무르고 싶지 않았다. 그길로 나는 버스터미널로 향했다. 오늘 새벽에 바로 떠날 수 있는 곳은 체코의 프라하와 오스트리아의 비엔나, 이탈리아의 밀라노가 있었다. 결정을 내리는 데는 그리 오랜 시간이 필요하지 않았다. 1901년의 어느 날 헤르만 헤세가 자신이 존경하는 두 명의 작가 괴테와 니체를 따라 이탈리아로 향했듯, 나도 내가 동경한 두 작가를 따라 이탈리아로 떠나기로 했다. 실제로 그중 한 명은 이탈리아를 여행하고 있었다. 운이 좋으면 마주칠 수도 있겠다는 나지막한 기대도 있었다.

새벽 한 시에 출발하기로 예정된 밀라노행 버스는 새벽 두 시가 넘어서 정류장에 도착했다. 티켓을 제시하고 객실로 올라가니 내 자리에는 이미 아랍인 한 명이 앉아서 고개를 떨구고 있었다. 여전히 휴대폰은 꼭 쥔 것으로 보아 그는 분명 잠에 들지 않았지만 나의 기척을 애써 무시하고 자는 척을 했다. 버스 기사에게 상황을 전달하니 그는 뭘 그런 걸 가지고 자신을 귀찮게 하느냐며 도리어 성을 냈고 그냥 아무 데나 앉으라고 했다.

버스 기사의 말대로 정말 아무 데나 앉았더니 얼마 지나지 않아 그 자리의 원래 주인이 와서 자리를 비켜 달라고 했다. 내 자리는 이미 빼앗겼지만, 그렇다고 나까지 남의 자리에서 영유권을 주장할 수는 없는 노릇이었다. 새로운 정류장에 도착할 때마다 그러기를 반복하니 슬슬 화가 치밀어 올랐다. 내 자리의 아랍인은 어느새 꿈결을 헤매는지, 사경을 헤매는지 모를 정도로 깊은 잠에 빠져 있었다. 합당한 가격을 지불하고 예매를 했는데 내 자리가 없다는 것이 말이 되는 상황인가. 한국인의 상식으로는 도저히 이해할 수 없었다.

그러나 독일어를 하는 버스 기사와 프랑스어만 할 줄 아는 내가 입씨름을 할 수도 없었다. 여행은 원래 힘든 것이 아닌가. 나는 '힘들수록 많은 것을 얻을 수 있을 거라는, 그러니 화를 가라앉히라'는 일종의 자기암시를 했다. 사실 그것은 주술에 더 가까웠다. 그렇게 초등생 한 명 겨우 앉을 수 있을 법한 의자를 옮겨 다니며 잠을 청하기를 반복했다. 좁은 의자를 차지하기 위한 치열한 점령전에도 버스는 멈추지 않고 달렸다.

스트라스부르의 강변

콜마르의 로슈강

콜마르의 아기자기한 주택들

차가운 피자

"밀라노~ 밀라노~" 버스 기사의 안내 방송에 눈을 떴다. 지도를 보니 어느새 밀라노에 당도해 있었다. 의자에서 일어나 몸을 이리 저리 비틀었다. 몸을 구긴 채로 잠을 설친 터라 목과 허리의 뻐근함이 쉽게 가시지 않았다. 시내와 버스터미널은 육 킬로미터나 떨어져 있어서 전철을 타고 이동해야만 했다. 무인 티켓 발권기에서 티켓을 구매하고 승강장으로 내려갔다. 나는 휴대폰 번역기를 꺼내 들고 영어로 설정된 번역어를 이탈리아어로 바꿨다. 어차피 둘 다 익숙하지 않다면 이탈리아어를 해 보는 편이 더 재밌을 것 같았다. 게다가 이탈리아어는 스페인어와 마찬가지로 모음체계가 간단해서 발음이 어렵지 않았다. 또한 같은 라틴어를 기반으로 탄생한 프랑스어와 유사한 단어가 많아서 이해하기도 수월했다. 나는 옆자리에서 꾸벅꾸벅 졸고 있는 푸근한 인상의 아저씨에게 말을 걸었다.

"이 기차는 피에라 밀라노로 가나요(Questa il treno va a Fiera Milano)?"

"맞아요(Si)."

더듬더듬 발음했지만 푸근한 아저씨는 용케 나의 이탈리아어를 알아들었다. 그 대답에 대한 화답으로 파리의 나폴리 피제리아에서 배운 인사를 건넸다.

"감사합니다(Grazie Mille)."

나름의 재미가 있었던 터라 플랫폼을 따라 중간 정도까지 걸어 다른 이탈리아 사람에게도 같은 질문을 했다. 역시나 같은 대답이 돌아왔다. 외지인과 현지인을 구분하는 가장 큰 요소는 바로 언어다. 언어가 통한다는 것은 또한 그들과 연결될 수 있다는 것을 의미한다. 독일에서 나는 발음조차 따라하지 못하는 외지인이었고 그곳에서 나는 소외된 사람이었다. 불과 몇 시간 전 독일에서 냉대를 겪고 도망치듯 떠나온 탓일까? 나는 짧은 대화임에도 마음이 얼마간 푸근해지는 것을 느꼈다. 그리고 여기에서는 철저한 외부인이 아니라는 것을 느끼자 다시금 여행의 용기가 솟았다.

나는 밀라노 중심가로 향하는 붉은색 전철을 타고 두오모역에 내렸다. 지상으로 올라오니 순백의 날카로운 밀라노 성당이 위용을 자랑하고 있었다. 섬세하게 세공된 고딕 첨탑과 정면으로 늘어선 넓은 광장은 듣던 대로 과연 굉장했다. 그러나 일곱 시간 동안 버스를 타고 밤을 샌 내게 필요한 것은 여장을 풀고 피로를 녹일 숙소였다.

가격이 저렴한 호스텔은 대부분 외곽 주거지역에 밀집해 있었다. 나는 벽면에 'Hostel'이라는 깃발이 돛대처럼 나부끼는 가장 가까운 건물로 들어갔다. 가격은 삼십 유로로 그다지 저렴한 편은 아니었다. 나처럼 여행에 지친 뜨내기들이 걸려들기를 바라는 그런 호스텔이었다. 별다른 노력을 기울이지 않아도 매일 투숙객이 들어차기 십상이었다. 내 경험으로 볼 때 이런 곳은 대개 비위생적이거나 침실이 엉망인 곳이 많았다. 그러나 예상과 달리 내부는 깔끔했고 넓고 쾌적한 로비에는 젊은 분위기의 와인 바도 있었다. 밤에는 와인 바에서 화이트와인 한 잔을 무료로 제공해 준다고도 했다. 몸이 너무 지쳐 있었던 데다 숙소도 중심지와 그리 멀지 않았던 터라 나는 그냥 거기에서 머물러 가기로 했다.

오전 9시쯤 숙소 리셉션에 짐을 맡겨 두고 다시 거리로 내팽개쳐졌다. 낮잠을 한숨 자고 나서 밀라노의 번쩍번쩍한 거리를 둘러보고 싶었으나 체크인은 오후 세 시라서 그 이전에는 입실할 수 없다는 것이다. 나는 다시 시내로 터벅터벅 걸음을 옮겼다. 버스에서 쪼그려 자는 동안 굳은 허리와 피가 쏠려 두툼해진 다리, 무거워진 눈꺼풀이 걸음을 붙잡았다. 한국에서 부담 없이 먹던 뜨거운 국밥 한 그릇이 절실했다. 그러나 이탈리아에서 국밥집을 찾기란 한국에서 제대로 된 이탈리안 레스토랑을 찾는 것보다도 어려울 것이 분명했다. 생각해 보면 어제 프라이부르크에서 먹은 것도 고작 맥주 한 잔밖에 없었다. 차라리 몰랐으면 좋았으련만 꼬박 하루를 쫄쫄 굶었다는 사실을 깨닫고 나니 배꼽은 더욱 큰 소리로 울어 댔다. 버스에서 잠시 읽은 이탈리아 가이드북에는 식당 대부분이 열두 시가 넘어야 문을 연다고 쓰여 있었다. 그러나 다행히도 주린 배를 부여잡고 포르타 로마나 거리를 따라 무작정 이 킬로미터를 걸었을 무렵 오전인데도 문을 연 피제리아 한 곳을 발견할 수 있었다.

일반적으로 피자는 저녁 음식이다. 전통 방식의 피자를 만들기 위해서는 화덕에 불을 때야 하는데 낮에는 잘 때지 않는다. 추측해 보건대 아마 낮잠을 사랑하는 이탈리아인들에게 하루 종일 장작을 꺼뜨리지 않는 일은 꽤나 고역이었을 것이다. 이처럼 낮부터 피자를 파는 식당은 관광객을 대상으로 영업을 하는 곳이라고 볼 수도 있다. 실제로 다른 지역의 이탈리아 사람들은 이런 밀라노 사람들을 보고 기본도 모르는 깍쟁이라며 무시한다고 한다.

그러나 밀라노에서 처음 만난 피제리아는 그런 건 구시대적 발상이라고 말하는 듯 그곳에 존재하는 모든 기구는 전기로 작동하고 있었다. 그중에는 익숙한 한국 회사의 제품들도 여럿 보였다. 굳이 장작을 땔 필요가 없으니 저녁에만 피자를 팔 이유도 없었다. 내가 들어간 피자집은 로마식 피자를 팔고 있었다. 거대한 직사각형으로 성형된 로마식 피자는 도우가 두껍고 조각으로 잘려 판매된다. 나는 진열장에 늘어져 있는 마르게리타피자를 주문했다. 오직 도우와 치즈, 토마토 소스와 바질로만 이루어진 마르게리타피자야말로 식당의 내공을 가늠할 수 있는 가장 좋은 메뉴였다.

피자는 본래 따뜻한 음식이다. 언제부터 피자에 토마토와 치즈가 올라갔는지는 섣불리 말할 수 없지만 'Pizza'라는 단어의 역사를 거슬러 오르면 '부수다, 으깨다'라는 의미의 단어가 그 어원으로 밝혀진다. 결국 피자는 물에 불린 곡식을 으깨서 뜨겁게 달군 돌판 위에 구워 먹기 시작한 것이 그 기원인 것이다. 우리가 흔히 아는 치즈가 올라간 피자의 모습은 19세기가 되어서야 모습을 드러낸다. 피자의 토핑이 다양해지면서 피자의 온도 역시 중요해졌다.

나는 피자를 받고 당황스러운 표정을 감출 수 없었다. 내가 받은 피자에서는 기대했던 온기가 아닌 예상 외의 냉기가 올라왔던 것이다. 하다못해 그들은 뜨거운 열풍을 훅훅 내뱉는 전기 오븐에서 잠시 데워 주는 성의조차 보이지 않았다. '역시 밀라노 사람들은 깍쟁이인가….' 나는 간단히 끼니나 때우고 떠날 요량으로 차가운 피자를 한 입 베어 물었다.

밀라노의 차가운 사각 피자

그리고 그날의 피자는 내 인생 최고의 피자로 등극했다. 아무리 시장이 반찬이라지만 그곳의 피자는 그 수준을 뛰어넘는 것이었다. 차가운 토마토 소스에 살짝 불려진 밀가루의 쫄깃한 질감과 이탈리아산 지중해 바람과 따가운 햇빛으로 연마된 올리브와 바질, 토마토는 각자의 매력을 강하게 발향하되 다른 재료를 억누르지 않았다. 차가운 피자를 받았을 때의 당혹감은 점차 감탄으로 바뀌었다.

그들이 차가운 피자를 내어 준 것은 무성의한 응대가 아닌 자신감의 표현이었다는 것을 나는 그제서야 이해할 수 있었다. 사실 피자가 뜨거울 때는 그 맛을 구별하기가 힘들다. 따끈한 도우와 그 아래로 흘러내리는 짭조름한 연성 치즈, 상큼한 맛으로 느끼함을 상쇄하는 토마토가 어우러지면 맛없기가 더 힘들기 때문이다. 그러나 피자가 차갑게 식는 순간 진가가 드러난다. 좋은 재료로 만든 기본기가 탄탄한 피자는 마치 지중해식 샐러드를 먹는 것처럼 오히려 더 맛있어진다. 반면 그렇지 않은 재료로 만든 피자는 우리가 흔히 볼 수 있는 딱딱한 피자로 변한다. 비싼 월세로 둘째 가라면 서러운 밀라노 시내 한복판에서 차가운 피자를 판매하는 당당함에는 그만한 이유가 충분했다.

나는 바깥에 대강 내다 놓은 의자에 앉아서 피자를 우물우물 씹었다. 그곳에서 나는 기본기란 무엇인가를 생각하고 있었다. 평소엔 대수롭지 않게 여기던 것이었다. 내가 나름의 시간을 들여 수련한 주짓수의 기본동작은 자신의 몸을 방어하는 데 있다. 흔히

'탈출'이라는 뜻의 영단어 '이스케이프(Escape)'로 불리는 그것은 상대에게 납작하게 깔린 자세에서 탈출하여 이전의 상태로 돌아가기 위한 것이다. 병아리 감별사의 기본기 '하나 둘' 역시 자신의 속도를 잃었을 때 혹은 병아리 감별에 실패했을 때 자신의 템포를 잃지 않고 원래의 상태로 돌아가기 위한 것이다. 그런 면에서 기본기란 길을 잃었을 때 원점으로 다시 돌아올 수 있는 기술이라고 볼 수 있다.

피자가 뜨거울 때처럼 어쩌면 우리의 삶도 모든 일이 순조롭게 해결되고 많은 기회가 굴러 들어오는 시기에는 다들 비슷해 보인다. 그렇기에 겉으로는 잘 드러나지 않는 기본기를 굳이 갖추려고 하지 않는다. 그러나 피자가 식어 가듯 우리의 삶을 흔들 만한 곤경이 찾아왔을 때 기본기는 우리가 어떤 사람인지를 적나라하게 드러낸다. 기본기가 부족한 사람은 싸늘한 피자처럼 딱딱하게 굳어 가지만 기본기를 갖춘 사람은 밀라노의 차가운 피자처럼 오히려 더 빛을 발할 수도 있다.

그렇다면 인생의 기본기란 무엇일까? 아마 그것은 '성실함과 인성 그리고 내부를 의미하는 'In'과 '보다'라는 뜻의 단어 'Sight'가 합쳐진 인사이트(Insight) 그러니까 본질을 꿰뚫어 보아 남에게 휘둘리지 않는 능력, 즉 통찰력일 것이다. 이런 측면에서 여행이란 인생의 기본기를 쌓는 시간이 아닐까 생각했다.

우선 여행을 떠나기 위해서는 여행지를 선정해야 하고 또 그에 맞는 정보를 수집하여 그에 맞는 짐을 꾸려야 한다. 오로라의 실재를 두 눈으로 직접 확인하고자 북유럽으로 여행을 가는데 반바지를 입고 가는 불상사가 일어나면 큰일이다. 그리고 무엇보다 모든 것이 나를 기준으로 설정된 집을 떠나 낯선 여행지에 도착했을 때 우리는 꾸준히 움직여야 한다. 여행지는 여행자에게 자신을 맞춰 주지 않기 때문이다. 도시는 그저 자신의 흐름대로 흘러갈 뿐이다. 내가 아는 것이 모두 삭제된 도시를 두 발로 걸어 다니는 행위는 게으른 육체를 다그쳐 현재에 집중하게 만든다. 그 과정에서 우리는 어쩌면 진정한 의미의 카르페디엠(Carpe diem)을 실행하게 된다.

몇 백 년이 우습도록 그곳에 박혀 있었을 타일로 이루어진 돌바닥을 따라 걷다 보면 육중한 성채가 등장하고 그를 뛰어넘는 자연이 등장하고 우리는 절로 숙연해지며 그것에 압도된다. 그럴 때 모든 후회와 걱정은 나의 인식에서 모조리 소거된다. 오직 그것을 바라보는 나라는 주체, 생생한 현재만이 그곳에 존재한다. 고대 그리스의 철학자 에픽테토스가 표현한 '인간을 불행하게 하는 것은 어떤 사건이 아니고 그 사건에 관한 생각'에서 비로소 탈출하게 되는 것이다. 오직 현재만이 눈앞에 있을 때, 우리는 오래 지속될 수 없는 성질의 것들을 즐기게 된다. 맛있는 음식을 사 먹고 이내 기억에서 흐릿해지는 예쁜 것들을 구경하고 시야의 들어온 대상의 아름다움을 진정으로 관조하게 된다. 그것들은 사라지기 때문에 가치 있는 것이고 오직 현재에만 누릴 수 있는 것들이다. 그래서 우리 인생에 더욱 필요한 것들이기도 하다. 우리의 인생 역시 영속하지 못하고 결국 사라지기 때문이다.

여행에서 돌아온 지 한참이 지난 어느 날, 잊을 수 없는 여행지의 맛이 떠오르고 여행지의 장엄한 풍경이 눈앞에서 영화 속의 한 장면처럼 펼쳐지고 내 안의 모든 장기가 격렬하게 반응하며 가슴이 벅차오를 때, 그게 단지 기분 탓은 아니라는 것을, 여행을 좋아하는 사람이라면 아마 느껴 봤을 것이다. 이처럼 여행은 우리를 과거와 미래로부터 끌어내 현재를 살아가도록 한다. 가장 실재하는 시간인 현재에 몰입할 때 우리는 비로소 일상의 상실에서 벗어나 성실(행동이 진실됨)해진다.

또 우리는 여행에서 타인에 대한 존중과 겸손을 배울 수 있다. 여행에서 겪는 따뜻한 환대와 차가운 적대, 그것은 우리를 작아지게 만든다. 그것들 모두 자신보다 타인의 힘이 강할 때 느낄 수 있는 것이기 때문이다. 여행지에 던져진 우리는 모든 것이 생소한 환경에서 숙소와 음식을 확보해야 하고 무엇보다 안전을 도모해야 한다.

그 상황을 무사히 견뎌 내기 위해 우리는 매 순간 긴장하고 주변의 모든 것을 관찰한다. 일상에서는 볼 수 없는 것들을 보게 되고 내가 살아온 곳이 얼마나 좁은지, 나는 얼마나 작은지를 알게 된다. 그것을 깨닫는 순간 우리는 자연스레 겸손해진다. 그것은 다소 억지스럽지만 다른 세계의 사람과 동거하는 방법을 터득하고, 타자를 이해하는 기술을 배우는 것으로 인성도 함양하게 된다고 말할 수 있다.

마지막으로 우리는 기존의 가치와 새로운 가치가 충돌하고 흡수되는 과정에서 새로운 통찰을 얻을 수 있다. 동서양과 시대를 막론하고 많은 철학자들은 여행에서 바뀌는 것은 공간이 아니라 생각이라고 말한다. 여행에서 우리는 무수히 많은 가치의 충돌을 경험하게 된다. 이를테면 어느 나라에서는 공공장소에서 거리낌 없이 애정 표현을 하는 것이 아무런 문제가 되지 않지만 어느 나라에서는 심각한 범죄가 되어 정의라는 명목 아래 죽임을 당하기도 하고, 남녀가 동거를 하기 위해서 결혼이 필수인 나라도 있지만 결혼하지 않은 채 아이를 낳고 평생을 보내는 것이 당연한 나라도 있다. 우리는 이런 상황에 마주했을 때 복잡한 심경의 변화를 겪는다. 때로는 자신이 믿는 가치가 옳은 것이라며 새로운 것을 부정하기도 하고 외면하기도 한다. 그러나 반복된 여행에서 우리는 결국 다양한 세상이 있다는 것을 수긍하게 된다. 금이 간 유리컵이 언젠가 깨지는 것처럼 의심이 싹튼 진리는 결국 무너지기 마련이다.

허물어진 가치의 틈으로 새로운 가치가 침투하고 그 안에서 흡수와 배출을 거듭하며 세계를 파악하게 된다. 어린아이가 장난감을 만지작거리며 장난감의 성질을 파악하듯, 우리 역시 가치의 파괴와 재창조의 과정을 거쳐 여행의 성질을 깨닫는다. 시간이 흘러 어린아이가 장난감에 대해 모르는 것이 없는 것처럼 우리 역시 여행에서 나아가 삶의 본질을 꿰뚫어 볼 수 있는 것이다.

나는 사각 피자 두 조각에 기력을 되찾고 나서 패션의 도시 밀라노 관광에 나섰다. 당일치기 관광객이 점령군처럼 진군하는 두오모 주변의 패션 거리는 소문대로 화려했고 암브로지오라는 이름의 교회는 마치 신비로운 동양의 사원 같은 정돈된 멋을 뽐냈다. 그곳에는 두 구의 해골이 있었는데, '로마에 가면 로마의 법을 따르라'는 말을 한 장본인이라는 설명이 있었다. 오후에는 호스텔에 행장을 풀고 순백색 시트가 덮인 침대에 몸을 던지는 것으로 뭉친 피로를 녹였다.

저녁에도 나는 피자 가게를 찾았다. 점심에 먹은 이탈리아식 피자가 감격스러웠던 것도 있지만 밀라노의 외식 물가를 생각하면 피자는 고마울 정도로 싼 편이며, 무엇보다 주머니가 가벼운 유학생에게는 다른 선택지가 없었다.

두오모와 이 킬로미터 정도 떨어진 피자 가게는 이미 관광객과 현지인이 뒤섞여 북적였다. 굳이 찾아오기엔 멀고 그냥 지나치자니 아쉬운 곳에 위치한 그곳은 식도락을 탐하는 관광객과 밀라노 토박이의 절충점처럼 보였다. 피켓과 조끼만 없었지 그들은 영락없는 시위대의 모습이었다. 그러나 모두가 손을 쳐들고 고함을 지르며 주문하는 북새통에도 숙련된 웨이터는 단 한 개의 피자도 놓치는 법이 없었다. 창밖으로 보이는 주방에는 고도로 단련된 다섯 명의 요리사가 쉴 새 없이 피자를 구웠다. 아주 효율적인 주방이었다. 팔십 년 전 이탈리아 군대가 만약 저들처럼 움직였다면 세계의 역사는 다르게 적혔을지도 모른다는 아찔한 생각이 들었다.

마르게리타피자를 받아 들고 두오모 광장 옆에 있는 계단에 주저앉았다. 걷는 동안 피자는 차갑게 식어 있었다. 오히려 좋았다. 역시나 맛은 대단히 훌륭했고 향은 포집하여 간직할 수 없는 것이 아쉬울 만큼 풍부했다. 백색 조명이 집중된 두오모는 오전의 순진한 얼굴과는 전혀 다른 고혹한 이미지를 내보이고 있었고 그것을 휘감은 선율은 자유로웠다. 밀라노의 첫날 밤은, 그리고 마지막 밤은 그렇게 낭만 속에 잠들었다.

아무도 없는 새벽의 밀라노 대성당

여행자의 기억법

여행지를 선정하는 데에는 다양한 이유가 있다. 우연히 마주친 장정된 사진집 속의 풍경일 수도 있고, 상업적으로 포장된 미디어 속 이미지로 각인된 곳일 때도 있으며, 어린 날 막연히 꿈꾸던 환상 속의 세계일 수도 있다. 내게 파리는 어린 날 꿈꾸던 환상 속의 세계였다.

밀라노에서 홀로 맞이한 가을 아침은 삭막했다. 창밖에서는 브리오쉬 식빵처럼 두꺼운 구름이 태양과 힘겨루기를 하고 있었다. 비가 내릴 것처럼 희붐한 하늘을 올려다보며 이탈리아 전역의 날씨를 검색했다. 일기예보는 마치 스포츠 도박 사이트처럼 비구름과 태양 중에 누가 이길지를 두고 첨예하게 대립하고 있었다. 그들의 예측으로 보아 금일 밀라노의 전투는 구름의 승리로 끝날 것 같았다. 이탈리아 국토 대부분 구름이 탑 독이었고 태양이 언더독이었다. 태양이 승리할 것으로 점쳐지는 곳은 로마와 피렌체가 있었다. 그러나 그마저도 확실한 승리는 장담하지 못했다.

버스터미널로 향하는 동안 잠시 고민한 끝에 피렌체행 버스 티켓을 구매했다. 그때까지만 하더라도 내가 피렌체에 대해 알고 있는 것은 몹시 빈약한 정보들뿐이었다. 르네상스의 발원지이고 예술을 후원한 부자 메디치 가문이 번성을 누렸다는 것, 나폴리와 시칠리아 정도를 제외하면 음식을 빼놓고 논할 수 없는 곳이며 몬테풀치아노와 몬탈치노 같은 유명한 와인 산지가 있다는 것, 미켈란젤로, 레오나르도 다빈치 같은 예술가들이 그곳에서 활동했다는 것, 이탈리아의 시인 단테가《신곡》을 쓴 배경이라는 것 정도가 내가 피렌체에 대해 아는 전부였다.

그럼에도 나는 어느새 그곳으로 떠나는 버스에 몸을 싣고 있었다. 내가 동경한 중년 작가의 젊은 시절을 따라 피렌체를 산책하며 그가 느꼈을 영감의 일부를 느끼고 싶은 마음에서였다.

버스는 둔중한 몸을 이끌고 능선으로 난 도로에 올라붙어 힘차게 내달렸다. 도로 아래로는 나지막한 구릉을 따라 적포도밭이 끝없이 이어져 있었고 경사를 따라 싱그러운 올리브나무가 질서 있게 언덕을 기어올랐다. 그렇게 밀라노에서 고속도로를 타고 이탈리아 반도의 구두코를 따라 다섯 시간 정도를 남하하여 피렌체에 도착했다. 구름에 가린 햇빛이 자신의 승리를 만끽하듯 뜨겁게 내리쬐고, 빨간 지붕의 건물들이 마치 버섯 포자 군집처럼 바싹 붙어 있는 곳, 그러나 번잡하지 않은 아기자기한 도시, 그게 피렌체였다.

도시를 순회하는 트램을 타고 시내로 진입하니 일 트리콜로레라고 불리는 이탈리아의 국기가 펄럭였다. 정류장에서 그리 멀지 않은 음침한 골목에는 저렴한 호스텔이 밀집해 있었다. 어느 여행지에서나 그렇듯 모든 여행자의 첫 번째 숙제는 잘 곳을 구하는 것이다. 우리의 오랜 선조들 역시 어딘가 정착할 때 우선적으로 평평하고 외부의 위협으로부터 안전한 땅을 골랐다. 끼니를 때우는 것은 그 다음 문제다. 그런 면에서 여행은 때로 잠재된 인류의 본능 일깨우는 것 같다. 내가 어디에서 왔는가를 깨달을 때, 마음에는 아늑한 평온이 깃든다. 우리 모두 수백만 년 인류의 역사가 맺은 열매이며 결과인 것이다. 그런 면에서 우리는 얼마나 소중한 존재인가. 지금의 나를 이루는 것들도 거기에서 비롯되었을 것이다.

황토색 건물 사이로 뻗은 좁은 거리에는 호스텔 대여섯 개가 줄지어 늘어서 있었다. 나는 이번에도 가장 가까운 호스텔로 향했다. 호스텔 초인종을 누르니 삼십 대로 보이는 금발의 여성이 반갑게 인사를 건넸다. 그녀는 어서 들어오라며, 나는 숙박에 대한 이야기를 아직 꺼내지도 않았는데, 음료와 간단한 요깃거리를 내왔다. 그리고 피렌체의 관광지에 대해서도 이십 분 가까이 설명했다. 그녀는 피렌체 토박이였지만 어머니가 영국인이라 영어에도 능숙했다. 이십 분간 떠들고 나서야 그녀는 방을 보여 주었다. 방은 허름했지만 깔끔한 라텍스 침대 네 개가 구비돼 있었다. 가격도 저렴한 편이고 샤워실이 아주 깔끔했다. 나는 거기에서 이틀을 머물기로 했다. 그녀는 더욱 환하게 웃으며 냉장고와 주방에 구비된 각종 파스타 면과 소스를 보여 주며 언제든 꺼내 먹어도 된다고 말했다.

숙소를 해결한 뒤에는 끼니를 해결해야 했다. 나는 근처 숙소에서 머무는 두 명의 한국인 무리에 합류했다. 티본스테이크를 먹기 위해서는 집단 지갑이 필요했기 때문이다. 공교롭게도 우리는 모두 유학생이었고 돈이 없었다. 여행을 하다 보면 길고 짧은 구간들을 함께하는 동행이 생기곤 하는데 나름의 재미가 있다. 서로에 대한 정보가 전무한 이들이 모여 요상하고 어색한 모임이 탄생한다. 그러나 시시각각 상황과 감정이 변화하는 여행이라는 상황에 놓인 우리는 금세 친밀감을 얻는다. 어색함은 어느새 사라지고 친구가 되는 것이다.

물론 여행이 끝나면 이내 기억에서 잊혀지지만 오히려 곧 잊혀질 사람이라는 점이 우리의 동행을 편하게 만든다. 예를 들어 오래 알고 지낸 지인, 그러니까 여행이 그저 친목의 수단인 사람과 여행을 할 때는 잘 맞지 않아도 함께해야 한다는 부담감에 사로잡히고 일종의 책임감이 들기도 한다. 그러나 모르는 사람과 함께 여행을 할 때면 그런 걱정은 하지 않아도 된다. 잘 맞지 않으면 각자 갈 길을 가면 그만이고 잘 맞으면 함께 더 여행하면 되는 것이다. 또 서로에게 아무런 기대도 하지 않기 때문에 불만이 생길 일도 잘 없다. 여행이 끝나면 서로의 나이도 이름도 잊어버린다. 현실에서 다시 마주칠 일이 없기에 현실의 사건으로 인해 과거의 기억이 변질될 일도 없다. 그저 순간이 재미있다면 그걸로 끝인 것이다. 함께 식사를 마치고 나는 단테의 집으로 향했고 두 명은 다른 곳으로 향했다.

단테는 《신곡》의 작가이자 중세와 르네상스의 간절기를 대표하는 작가다. 그는 당시 꽤 힘 있는 정치인이었으나 막강한 권력을 자랑하던 교황과 대립 구도를 이룬 탓에 험난한 망명 생활을 했다. 그 과정에서 집필한 작품이 바로 《신곡》이다. 그래서 그의 작품에서 교황과 그를 추종하는 자들은 지옥에서 고통받는 모습으로 묘사되고 그가 이루지 못한 사랑 베아트리체는 그를 인도하는 천사로 등장한다.

토스카나어로 쓰여진 단테의 신곡은 문학적 영향뿐아니라 이탈리아어에도 큰 영향을 미쳤다. 작은 도시국가로 이루어져 있고 현재도 지역별로 다른 방언을 쓰는 이탈리아 반도에서 토스카나 지방의 언어가 표준어로 선정된 데에는 그의 공이 크다고 전해 온다. 그러나 내가 방문한 날에는 아쉽게도 단테의 집을 관람할 수 없었다. 대신에 나는 단테의 집 아래에 위치한 서점에 들러 이탈리아어로 쓰여진 단테의 《신곡》을 구매했다.

피렌체 두오모와 단테의《신곡》

프랑스에서는 기념품을 'Souvenirs'라고 부른다. 기억이라는 뜻이다. 단어의 뜻 그대로 여행지를 기억하는 물건인 것이다. 그런 면에서 독자에게 추천하고 싶은 독특한 기념품이 있다. 도시를 배경으로 한 책이나 해당 지역에서 활동한 작가의 책을 구매하는 것이다. 여행지에서 나는 늘 이런 방식으로 기념품을 수집했다. 파리 노트르담 성당 앞에서는 빅토르 위고의《노트르담 드 파리》를, 데카르트가 대학교를 다닌 푸아티에에서는《방법서설》을,《삼총사》의 역사적 배경지 라로셸에서는 뒤마의《삼총사》를 샀다. 내가 선택한 피렌체의 기념품은 단테의《신곡》이었다.

물론 외국어로 책을 읽는 것은 불가능하거나 많은 어려움이 따를 것이 분명하다. 그러나 서가 한구석에 꽂힌 기념품을 보고 있노라면 한국어 번역본으로라도 한 번쯤 읽어 보고 싶기 마련이다. 그들은 언제나 온몸을 활짝 열어젖히고 자신의 가치를 증명할 준비가 되어 있다. 설령 읽지 않더라도 책은 훌륭한 장식품으로서의 기능을 수행해 내기도 한다. 외국어로 쓰여진 책이 서가에 꽂혀 있는 것, 그 자체로도 멋있지 않은가. 게다가 책은 다른 기념품에 비해 훨씬 저렴하며 보관에도 용이하다.

그러나 어느 날 그것을 펼쳐 읽어 본다면 그 의미는 배가 된다. 한국어로 번역된 책을 함께 펼쳐 봐도 무관하다. 여행지에서 집어 온 책을 읽다 보면 이해할 수 없는 언어로 가득한 낯선 도시를 맴돌던 때가 자연스레 떠오른다. 운이 따라 준다면 오랜 시간 함께할 한 문장을 얻게 될 수도 있다. 내게는 2019년 파리에서 구매한 보들레르의 시집 《악의 꽃》이 그랬다.

"Pour l'enfant, amoureux de cartes et d'estampes,

L'univers est égal à son vaste appétit.

Ah! que le monde est grand à la clarté des lampes!

Aux yeux du souvenir que le monde est petit!"

(지도와 판화를 사랑하는 어린아이에게 우주는 그의 입맛처럼 넓다.

아! 램프 아래에서 본 세상은 얼마나 큰가!

기억의 눈으로 본 세계는 얼마나 작은가!)

"Un matin nous partons, le cerveau plein de flamme,

Le cœur gros de rancune et de désirs amers,

Et nous allons, suivant le rythme de la lame,

Berçant notre infini sur le fini des mers:"

(어느 날 아침 우리는 떠난다. 뇌는 불로 가득 차 있고,

가슴은 쓰디쓴 욕망으로 가득하다.

그리고 우리는 떠난다. 파도의 운율을 따라서,

우리의 무한함을 바다의 유한함 위에 띄우면서,)

우연히 펼쳐 본 〈여행(Voyage)〉이라는 시의 한 구절은 나의 마음을 파고들었다. 이제 막 꿈을 펼치려던 당시 나의 감정과 잘 맞아떨어졌다. 이후로 어려운 난제에 맞닥뜨렸을 때 이 구절을 수십

번 필사하며 여러 차례 되뇌었다. 일련의 시련 뒤에도 내가 결국 유학길에 오르게 된 데는 이 시집의 역할을 컸다는 것을 부인할 수 없다.

이럴 때 어떤 기념품은 단순한 기념품을 넘어 나를 이루는 하나의 무언가가 된다. 여행지가 나의 일부가 되어 문신처럼 새겨지는 것이다. 책에서 얻은 한 문장을 떠올릴 때, 아니 떠오를 때, 그날의 여행지가 다시금 선명히 펼쳐지고 반복되는 일상에 잠든 그날의 감정마저 되살아난다. 여행지는 그렇게 더 오래 기억 (Souvenir)에 남는다. 어쩌면 Sou(아래에서: Under)와 Venir(오다: Come)가 합쳐져 Souvenir(기억, 추억)라는 단어가 탄생한 것도 우연은 아닐 것이다.

강아지를 따라 산책한 피렌체의 어느 강변

개미와 베짱이

피렌체를 논할 때 빼놓을 수 없는 하나의 사건을 꼽으라면 단연 르네상스고, 가문을 꼽으라면 단연 메디치다. 15세기 중산층으로 태어난 조반니 데 메디치는 교황을 등에 업은 금융업으로 막대한 부를 축적했다. 훗날 피렌체의 국부로 불리는 그의 아들 코시모 역시 막강한 권력의 교황과 결탁하여 피렌체의 실권을 잡았다. 또한 코시모는 외국어에 능했고 사업 수완이 뛰어났다. 그는 직물업을 통해 사업을 확장했다. 그 과정에서 피렌체의 상인들과도 좋은 관계를 맺었는데(좋은 관계는 돈으로 이루어진다), 이는 훗날 교황 에우제니오 4세의 입김과 더불어 피렌체에서 추방당한 메디치가 다시 피렌체로 복귀하는 데 큰 역할을 했다. 이후로도 그는 끝없이 부패한 종교 권력과 결탁하여 영향력을 키웠다. 평범했던 메디치 가문의 입지는 정부와 종교가 대립하는 난세 속에서 유럽 최고의 명문가로 떠올랐다.

여기까지가 성공한 사업가의 이야기라면, 이후의 등장하는 인물은 '메디치'라는 이름 석 자를 역사에 새겨 넣은 장본인이다. 그의 이름은 그 유명한 '일 마니피코(위대한 자)' 로렌초 데 메디치다. 그는 할아버지 코시모가 죽고 그의 아버지 피에로마저 이른 나이에 사망하자 스무 살의 나이로 가문을 이끌게 된다. 그러나 수시로 암투가 벌어지는 혼란한 정계에서 권력의 세습은 적대세력에게 기회가 된다.

메디치 가문의 오랜 라이벌 파치 가문은 기회를 틈타 로렌초와 그의 동생 줄리아노의 암살을 기도했다. 그들은 계획대로 줄리아노를 죽이는 데 성공했다. 그러나 로렌초를 살해하는 데 실패했고 메디치를 향했던 피바람은 역풍이 되었다. 동생의 죽음은 로렌초에게 비극이었지만 동시에 절대 권력을 확립할 기회이기도 했던 것이다. 그는 암살을 주동했다는 죄목으로 반대파를 색출했고 그 과정에서 메디치 가문에 반대하는 많은 이들이 죽거나 추방당했다. 이후에도 교황이 얽힌 주변국과의 혼란한 정쟁에 그는 여러 번 죽을 고비를 넘기지만, 그 와중에도 피렌체의 예술가를 향한 지원을 아끼지 않았다.

그의 선견지명이 오백 년을 내다본 것인지는 섣불리 판단할 수 없지만 나는 여기서 루이 14세가 겹쳐 보였다. 아마도 그는 자신이 근본 있는 귀족 가문이 아닌 상업으로 성공한 평민 출신이라는 것이 콤플렉스가 아니었을까 나는 홀로 상상해 본다. 산업혁명으로 부를 얻은 19세기 유럽의 졸부들이 알아듣지도 못하는 언어로 공연되는 오페라를 보고 승마를 배웠던 것처럼 말이다. 일정한 수준이 되면 인간들은 결국 생각이 비슷해지는 것 같다.

피렌체의 골목을 아주 조금만 걸어도 당시의 피렌체가 아주 융

성했다는 것을 알 수 있다. 대부분의 거대한 건물에는 메디치가의 문양과 철자가 돋을새김되어 있다. 피렌체는 규모가 큰 도시는 아니지만 그 내부는 실로 장대하다. 미켈란젤로와 레오나르도 다빈치, 보티첼리 같은 예술가가 동시대에 활동했다는 것만으로도 프랑스 파리에 필적하는, 혹은 그 이상의 예술 도시가 존재했음을 짐작할 수 있다.

그러나 돈이란 돌고 도는 것이고 잠깐 찾아왔다가도 언젠가 사라지는 성질의 것이다. 중세 유럽을 뒤흔든 메디치 가문 역시 돈의 속성을 피하지 못하고 결국 몰락했다. 그럼에도 그 돈으로 쌓아 올린 예술은 그날의 모습 그대로 이 도시에 새겨져 있다(메디치가의 마지막 후계 마리아가 우피치 미술관의 작품을 반출하지 않는 것을 조건으로 피렌체시에 기증했으니 실제로 새겨진 것이나 다름없을 것이다). 돈이란 흘러가는 것이고 결국 삶의 끝에 남는 것은 예술이란 말인가. 코시모와 로렌초는 과연 이것을 알고 있었을까? 간단히 생각해 보았다.

실제로 쇠퇴하는 가문의 모습을 지켜볼 수밖에 없던 마리아의 유일한 기쁨은 그들이 수집한 르네상스의 예술품을 보는 것이었다고 전해진다. 모두 특별해서 외려 모두 평범해 보이는, 그래서 왠지 편안한 도시 피렌체는 여행자에게 자연스럽게 이런 의문들을 불러일으킨다.

이른 아침 나는 메디치가 업무를 보던 곳, 영어로는 Office(사무실)에 해당하는 우피치(Uffizi) 미술관을 향해 걸었다. 여전히 유효한 학생비자 덕분에 거의 무료로 입장할 수 있었다. 국제선 비행기의 탑승수속만큼이나 까다로운 짐 검사를 마치고 들어간 미술관은 웅장했다. 맹렬한 기세로 입구에 집결한 로마 장군들의 흉상은 '여기가 르네상스의 빅뱅이'라고 말하고 있었다. 보티첼리의 〈봄〉과 〈비너스의 탄생〉은 실로 화려했고 중세 시대의 종교화는 어딘가 괴이한 시선 처리가 매력이었다. 카라바조와 다빈치, 미켈란젤로의 그림 역시 기대만큼이나 훌륭했다. 나는 거기서 다섯 시간을 머물렀다.

산드로 보티첼리의 〈비너스의 탄생〉, 우피치 미술관 소장

나와서는 피제리아로 향했다. 번화한 대로에서 조금 후진한 골목에 있는 피제리아였다. 사람이 잘 드나들지 않는 외진 곳에서 살아남은 식당이 더 맛있을 거라는 기대였다. 피렌체가 속한 토스카나 지방은 예술뿐 아니라 음식으로도 아주 유명하다. 비옥한 곡창지대가 낮은 구릉을 따라 펼쳐지고 밀알은 가으내 땅속에 묻혀 있다가 겨울에 싹을 틔우고 봄이 되면 토스카나의 기름진 벌판을 뒤덮는다. 어떤 사람은 피자의 기원을 이곳으로 주장하기도 한다(음식이 유명하고, 많은 예술가가 머물렀고, 걷기 좋은 도시라는 점에서 파리랑 비슷한 부분이 많은 것 같다, 내가 가장 사랑하는 도시가 파리와 피렌체인 것도 우연이 아닐지도 모른다는 생각이 든다).

프랑스인은 음식에서 가장 중요한 것을 테루아(Terroir)라고 말한다. 테루아는 땅을 뜻하는 프랑스어 떼르(Terre)에서 기원한 단어다. 다시 말해 음식에서 테루아란 곧 그 지역에서 난 식재료를 의미한다. 토지 위에 인간이 정착하여 만들어 낸 것은 누가 그곳을 지배하느냐에 따라 바뀌기도 하고 사라지기도 한다. 그리스식 신전이 무너지고 그 위로 교회가 지어졌듯이, 교회가 무너지고 그 위로 대기업 사옥이 올라갔듯이.

그러나 자연이 만들어 내는 것은 바뀌지 않는다. 게르만족이 밀을 심건, 라틴족이 밀을 심건, 그곳에서는 같은 맛의 밀이 자라난다. 시간이 흘러도 마찬가지다. 한마디로 지구가 고장 나지 않는 한 바뀌지 않는 고유의 성질인 것이다. 그런 의미에서 해당 지역의 식재료를 사용한 음식을 먹는 것은 어쩌면 가장 직접적으로 여행지와 교감하는 방법이라고도 할 수 있지 않을까? 한때 요리로 세상을 위로하고 싶었던 나는 그렇게 믿는다.

포장한 피자는 삐뚤빼뚤했다. 그러나 그 모습은 오히려 완벽에 가까운 원형 피자보다 더 먹음직스러웠다. 이건 기계는 할 수 없는 것이고 사람만이 할 수 있는 것이기 때문이다. 인간미의 미는 한자로 '맛 미' 자를 차용한다. 그러나 나는 '아름다울 미'로 바꾸어 이렇게 정의했다. 불완전하기에 비로소 완전해지는 것. 기계의 실수는 결함이지만 인간의 실수는 아름다움이 된다. 어쩌면 실수야말로 오직 인간만이 저지를 수 있는 '맛'이고 '아름다움'이지 않을까? 이것은 내가 모든 여행에서 상기한 태도이기도 했다.

시뇨리아 광장에 주저앉아 피자를 먹었다. 이탈리아는 프랑스와 다르게 일종의 상차림비를 받았고 가뜩이나 빠듯한 경비를 아끼기 위해서는 어쩔 수 없는 선택이었다. 그렇다고 길가에서 밥을 먹기 싫었던 것은 아니다. 털썩 주저앉을 수 있는 큼직한 광장이 있었고 거기선 남의 시선을 의식할 필요가 없었다. 이미 모두가 그렇게 하고 있었다. 광장에 둥글게 둘러앉아 각자 싸 온 점심을 먹는 광경은 어린 날의 소풍을 연상시켰다. 피부색, 나이, 성별, 음식, 모든 것이 제각각인 사람들을 관찰하는 것은 재밌었다. 식당에서 피자를 먹었다면 보지 못했을 광경이었다.

금발 머리가 거의 벗겨진 독일인 아저씨는 딱딱한 빵에 짭짤한 생햄을 끼워 먹었고, 껄렁한 자세의 프랑스 청년은 햄버거를 먹다 말고 옆에 앉은 친구와 한참을 떠들었다. 아마 그들에게도 다리를 괴상하게 꼰 채로(조선의 피를 감추지 못하고 양반다리를 하고 있었다) 두리번거리며 피자를 먹는 동양인은 나름 재밌는 구경거리였을 것이다. 우리는 시뇨리아 광장이라는 큰 테이블에 둘러앉아 함께 식사한 것이다. 인간미가 첨가된 피자는 고소했고 향긋했다.

옷에 묻은 밀가루를 털고 시뇨리아 광장을 구경했다. 귀퉁이에 프랑스 고등학생들이 몰려 있었다. 가이드는 침을 튀겨 가며 설명했지만 귀담아듣는 학생은 아무도 없었다. 그는 파치 가문이 벌인 줄리아노 암살 사건을 이야기하고 있었다. 그의 설명에서 나는 몰랐던 사실을 알게 됐는데 내가 막 식사를 마친 시뇨리아 광장에 암살자들의 시체를 내걸고 바닥에 떨어지면 시민들이 시체를 토막 냈다는 것이다. 듣는 것만으로 모골이 송연해지는 장면을 아무렇지 않게 이야기할 수 있다니 시간의 치유력이란, 혹은 파괴력이란 그야말로 놀라웠다. 흘러가는 시간은 야속하지만 시간이 흐르지 않는 세상이 온다면 우리는 영원히 공포와 상처 속에서 살아야 할지도 모른다는 생각이 든다.

오후 네 시 정도에 시뇨리아 광장을 나와서는 산타 마리아 노벨라 성당으로 걸음을 옮겼다. 화가 마사초가 최초로 원근법을 구현한 그림이 거기 있었기 때문이다. 성당을 구경하고 두오모에 올라 야경을 보면 시간이 딱 맞게 떨어졌다. 매표소는 성당 옆으로 난 작은 정원에 있었다. 나는 비자 면이 붙은 여권을 건넸고 티켓을 달라고 했다. 그때 잔잔한 바이올린 선율이 두꺼운 담장을 기어올라 귀로 흘러 들어왔다. 누군가가 버스킹 공연을 하고 있는 것 같았다. 여행지의 과거와 현재가 충돌하는 그 찰나의 순간 나는 선택해야 했다. 시간이 늦은 탓에 둘 다 볼 수는 없었다.

"잠시만요, 죄송합니다. 여권 돌려주세요."

마사초의 그림은 볼 수 없게 될 것이 뻔했지만 이 순간만큼은 현재를 즐기기로 했다. 여권을 도로 받아 들고 성당 밖으로, 소리가 들려오는 곳으로 걸음을 재촉했다. 그곳엔 말끔히 차려 입은 정장을 거칠게 풀어헤친 한 명의 로커 같은 바이올리니스트가 있었다. 그는 특이하게 생긴 바이올린을 어깨와 가슴에 묶고 온몸으로 춤을 추며 연주하고 있었다. 누구나 알 법한 그런 팝송들이었다. 공연이 끝나 갈 무렵 그는 마지막 곡이라며 콜드플레이의 〈Viva la vida〉를 연주하기 시작했다. 가늘고 길게 뻗은 다리, 깔끔하지는 않지만 적당히 정리된 수염, 하늘 높이 치솟은 바이올린의 선율에서 동화 속 베짱이가 떠올랐다.

어른이 되기 전의 나는 개미로 사는 것이 올바른 삶이라고 생각했다. 베짱이처럼 살아서는 안 된다고 생각했다. 베짱이의 삶은 무용하고 한심한 것이라고 생각했던 것이다. 그러나 어른이 된 지금은 베짱이의 예술적인 삶을 동경한다. 나는 어느덧 그를 동경의 눈으로 바라보고 있었다.

그럼에도 막상 그런 삶에 놓일 때면 불안감에 휩싸인다. 죄책감이 밀려오고, 인생을 잘못 살고 있다는 강한 거부감이 들고, 이러면 안 된다는 생각이 나를 지배한다. 어릴 적부터 켜켜이 축적된 관념은 쉽게 바뀌지 않는 것이다. 이런 순간에는 어린 시절 읽은 교훈 동화가 너무나도 야속하다.

도대체 그들은 어린아이에게 무슨 교훈을 주고자 했던 것일까? 그리고 왜 어릴 때는 베짱이의 삶도 충분히 가치 있다고 말해 주던 어른이 없었을까? 더 어린 날의 나를 마주한다면 이 말만큼은 꼭 전해 주고 싶다. 그랬다면 내 삶의 태도가 조금은 바뀌었을까? 그러나 이제는 돌이킬 수 없다는 것을 안다.

길거리에서 자유롭게 자신을 표현하는 피렌체의 한 예술가의 모습에서 내가 잃어버린 무언가를 찾아서일까? 벅찬 우울감이 폐부로 거칠게 밀고 들어왔다. 그곳에서 나는 옅은 웃음을 띠고 있었지만 이미 나의 내면은 울고 있었을지도 몰랐다.

그럴 때 여행은 내게 결여된 무언가를 찾아 떠나는 사냥이 아닌, 잃어버린 줄도 모르고 살았던 무언가를 우연히 발견하고, 그로 인해 앞으로 다른 삶을 살아가게 되는, 그러나 다른 삶이란 본래의 자신으로 비로소 돌아온 것임을 깨닫는, 일종의 귀향처럼 느껴진다. 그날의 우연이 빚어낸 필연은 나를 책상으로 이끌어 이 글을 쓰도록 부추기고 있다. 이제서야 나는 내가 진정 원하는 삶이 무엇인지 조금은 알게 된 것일까?

한 시간이 넘는 공연 덕분에 산타 마리아 노벨라 성당도, 두오모도 갈 수 없게 되었다. 그러나 내게는 대성당보다, 두오모보다, 우피치보다 피렌체다운 순간이었다. 그 순간에 나는 15세기의 예술의 중심지 피렌체로 잠시 빨려 들어간 것일지도 모르겠다. 베짱이의 찬란한 울음소리가 지금도 귓가에 맴돈다. 마치 어제의 일처럼.

정장을 풀어헤친 바이올리니스트

오렌지 태양 아래

누구나 마음속 한구석에 강렬히 새겨진 풍경이 하나쯤 있을 것
이다. 그것은 사진처럼 멈춰 있는 것도 아니고 다큐멘터리처럼 상
세히 기억나는 것은 더욱 아니며 유튜브 쇼츠, 혹은 인스타그램
릴스 정도의 길이로만 남는다. 또한 그것은 희미하지만 쉽사리 대
체되지 않는다. 나는 그런 풍경을 피렌체에서 만났다.

피렌체는 대중교통이 마땅치 않고 설령 있더라도 탈 필요가 없
을 정도로 작은 도시다. 모든 곳을 걸어서 삼십 분이면 충분히 갈
수 있다. 오히려 대중교통을 타면 아름다운 장면들을 놓치게 될
것이다. 나는 피렌체를 산책하기 좋아했다. 피렌체에 머문 시간은
그리 오래지 않지만, 많은 골목을 들쑤시고 다녔다. 구형 아이폰
에 자동으로 집계된 걸음 수만 하루 사만 보에 달했다.

피렌체의 마지막 날 저녁 끈적한 에스프레소 한 잔에 기운을
차리고 골목을 걸었다. 두오모를 벗어나 레푸블리카 광장을 따라
남쪽으로 걸었다. 작은 골목을 몇 개 지나자 아르노강이 펼쳐졌
다. 파리의 센강과는 사뭇 다른 분위기였다. 거대한 크루즈선이
아닌 문짝만 한 조각배 몇 척이 드문드문 헤엄치고 있었고 강변을

두른 벽돌 난간에는 젊은이들이 올라앉아 책을 읽고 있었다. 관광지치고는 그리 많지 않은 사람들이 나를 교차해 지나갔다. 햇빛은 맹렬하게 내리꽂혔지만 바람은 선선했고 맥주를 마신 탓인지 얼굴은 벌겋게 달아올랐다.

나는 폰테 알레 그라치에 다리를 건너 가파른 언덕으로 올라붙었다. 꼭대기에는 미켈란젤로 광장이 있었다. 고지대에서 불어오는 맑은 공기가 코와 입을 거쳐 폐부로 훅 끼쳐 들었다. 모조품일 것이 분명하지만 광장 중앙에 세워진 다비드 상은 이곳의 이름이 왜 미켈란젤로인지를 증언하고 있었다. 나처럼 힘겹게 언덕을 오른 젊은 배낭여행자들이 언덕배기에서 숨을 고르고 있었다. 후욱 후욱. 그래도 올라온 것을 후회하지는 않는 모양이었다.

미켈란젤로 광장에서 내려다본 피렌체의 전경

해는 뉘엿뉘엿 산 너머로 지고 있었다. 아르노강에 있을 때까지만 해도 하얀색이었던 구름에는 노란빛이 스며들었다. 과거에는 성벽으로 쓰였을 그곳에 기대어 피렌체의 전경을 굽어보았다. 아르노강과 베키오 다리, 두오모와 우피치 미술관이 한눈에 들어왔다. 스트라스부르와 콜마르, 프라이부르크와 밀라노를 거쳐 피렌체에서 마무리를 장식한 이번 여행의 찰나들이 동시에 구름처럼 스쳐 지나갔다. 푸아티에로 돌아가기 위해서는 아직 열네 시간의 버스와 두 시간의 기차가 남아 있지만 가슴이 후련했다.

그곳에서 나는 다시 한번 상기했다. 나는 왜 계획 없는 여행을 떠났으며 무엇을 얻었는가? 이번 여행에서 나는 어떤 상황에 맞닥뜨려도 결국 타개할 방법이 있고, 그 안에서도 충분한 의미를 찾으며, 어떻게든 살아갈 방법이 있다는 것을 깨달았다. 그러나 사실 나는 여행을 떠나기 전에도 '하늘이 무너져도 솟아날 구멍이 있다'는 인류의 오랜 답을 알고 있었을지도 모른다. 내가 여행을 떠난 이유는 하늘이 무너져도 솟아날 구멍이 있다는 진리를 구하려고 했던 것이 아니라, 그저 나의 두려움을 정면으로 마주하기 위한 것이었다.

이미 답은 정해져 있었다. 단지 나는 험난한 세상으로부터 '세상을 겁내지 마, 충분히 잘 살아갈 수 있어.'라는 말을 직접 듣고 싶었던 것이다. 나는 미켈란젤로 광장에 올라서서야 비로소 내가 이곳에 오게 된 진짜 이유를 발견하게 되었다. 여행을 떠나기 전에는 자각할 수 없던 것이었다. 나는 모든 것이 계획과는 반대로 흘러가는 가변적인 세상에서도 중심을 잃지 않는다면, 삶의 기본기가 충실하다면 충분히 잘 살아갈 수 있다는 용기가 간절히 필요했던 것이다.

황혼을 향해 흘러가는 아르노강

서서히 불빛이 들어오는 피렌체의 저녁

그런 생각을 하고 있는 내내 구름은 몰려왔다가 잔잔한 강물 위로 흩어졌다. 해는 아르노강 건너로 저물고 있었다. 붉은 노을이 하늘에 번지고 테라코타 방식으로 구워진 피렌체의 빨간 벽돌 지붕은 더 이상 이질적으로 보이지 않았다. 그렇게 피렌체는 진한 오렌지색으로 서서히 물들어 갔다. 저 아래 까마득한 도시는 거대한 두오모도 아주 작게만 보였다. 이어폰에서는 마침 그 풍경과도 잘 어울리는 음악이 흘러나왔다.

"우리는 오렌지 태양 아래 그림자 없이 함께 춤을 춰"(〈Eight〉, IU)

피렌체의 오렌지색 노을은 흩날리는 노랫말과 뒤섞여 그 자체로 하나의 작품이 되었다. 미켈란젤로 광장 테라스에서 지평선을 넘어가는 태양을 바라보며 신나는 음악에도 눈물이 나던 그날. 이제 모든 것이 두렵지 않다는 용기가 용암처럼 솟구치고 온몸에 전율이 오르던 그 순간. 가슴 한편을 훅 쓸어내리는 시원한 맥주 한 병에 홀로 회포를 풀던 일. 어제 일처럼 생생하게 기억나기도 하고 아주 오래전에 꾼 꿈처럼 아련하기도 하다. 확실한 것은 나는 오래도록 그 장면을 잊지 못할 것이다. 나를 이곳으로 이끈 중년의 작가들도 젊은 시절에는 나와 비슷한 생각을 했던 것일까?

해가 능선 위로 완전히 넘어가고 하늘은 어두워졌다. 나는 힘겹게 올라온 그 언덕을 이번에는 힘차게 걸어 내려갔다. 아직 바닥에 남은 미지근한 지열이 얼굴에 감겨들었다. 수중에는 카드 한

장, 출시한 지 사 년이 넘은 아이폰, 꼬깃꼬깃한 십 유로짜리 지폐 한 장이 있었다. 잃을 것도 없겠다, 나는 피렌체의 외곽을 구경해 보기로 했다.

르네상스의 흐름을 간직한 주택들을 구경하면서 보볼리 정원 쪽으로 계속 걸었다. 오래된 주택에는 집집마다 두꺼운 고리가 걸려 있었다. 이것은 말을 묶기 위한 것인데 중세 시대에는 건물의 제일 아래층을 마구간으로 사용했다고 한다. 지금은 그 자리에 여물을 먹는 말들이 아닌, 화석연료를 달라고 떼쓰는 말들이 잠을 자고 있었다.

외곽으로 갈수록 인적은 드물었지만 작고 정겨운 상점들이 모습을 드러냈다. 간판에는 불빛조차 잘 들어오지 않아 수시로 깜빡였다. 드문드문 늘어선 가로등도 마찬가지였다. 꽤 오랜 시간 걸은 데다 오후에 먹은 피자가 끼니의 전부였던 터라 허기가 졌다. 어두운 골목에는 아직 문을 닫지 않은 빵집이 있었다. 동네 주민으로 보이는 배 나온 아저씨 두 명과 주인이 수다를 떨고 있었다. 주인은 먼지털이로 매대를 툭툭 털어 내고 있는 것으로 보아 마감 준비를 하고 있었다. 나는 이탈리아어로 말을 걸었다.

"좋은 저녁입니다. 아직 영업하나요?"

"당연하죠. 어떤 거 찾으세요?"

"가장 저렴하고 전통적인 걸로 주세요, 아 그리고 저 옆에 있는 프로슈토(이탈리아 전통 햄)도 조금만 주세요."

내가 주문을 마치자 잠시 수다를 멈춘 아저씨들은 다시 수다를 이어 갔다. 그 차례는 나에게로 까지 찾아왔다. 그들은 내게 어느 나라에서 왔는지, 무엇을 봤는지, 이제 어디로 갈 건지를 이탈리아어로 물었다. 식당에서 사용하는 외국어에는 어느 정도 예상이 가능한 질문과 정형화된 답변이 있다. 그러나 이런 느닷없는 질문까지 이탈리아어로 받아치기란 쉽지 않았다. 내가 아는 빈약한 이탈리아어와 프랑스어로 단어를 유추한 덕에 질문은 겨우 이해할 수 있었다.

그들의 관심은 오로지 나에게 쏠렸다. 두꺼운 빵을 자르던 사장도 합세해 질문 공세를 퍼부었다. 나는 급작스러운 인터뷰 요청을 받은 연예인처럼 이탈리아어와 프랑스어, 영어를 절묘하게 조합해서 대답했다. 그들의 말투는 거칠었지만 위협적이지는 않았다. 그들은 나름의 배려로 매우 천천히 알기 쉬운 단어로 질문을 던졌고(물론 내게는 여전히 어렵고 빨랐지만) 나도 최선을 다해 대답했다. 한참의 난해한 의사소통이었지만, 대화가 끊기는 일은 없었다. 어느새 주인은 프로슈토와 뻑뻑한 빵을 봉투에 담아 주었고 양에 비하면 가격도 매우 저렴했다. 내가 지폐와 감사 인사를 전하고 문을 열던 참이었다.

"어이 젊은이 그거 어떻게 먹는 건지는 알아?"

"아니요 잘 모르는데요."

"허 참…, 그것도 모르고 시켰단 말이야? 다시 돌아와, 내가 알려 줄게."

그들은 서로 앞다투어 프로슈토를 맛있게 먹는 방법을 설명했다.

"이건 치즈랑 같이 먹어야 맛있는 거야."

"형씨 그게 무슨 소리요, 신선한 올리브랑 빵이랑 먹어야지."

"아니 마르코, 뭘 보고만 있어? 자네 생각은 어떤가? 아니 그보다 오늘 장사 마치면 이 빵들 다 버리게 되잖아. 이 '꼬레아노(한국인)' 청년에게 좀 더 챙겨 주지 그래? 이 친구가 언제 이런 걸 또 먹어 보겠나?"

그들의 모습은 흡사 다투는 것처럼 보였지만 참으로 정겨운 풍경이었다. 그 덕분에 내 두 손에는 빵이 가득했다. 프로슈토를 더 맛있게 먹는 방법에 대해서는 결국 담판을 짓지 못했다. 그들은 손에 빵을 든 나를 대신하여 직접 문을 열어 주고 잘 가라는 인사를 했다. 아리베데르치 꼬레아노(Arrivederci Coreano)!

일반적으로 관광도시의 주민들은 이방인에 매우 익숙하다. 그러나 이방인은 언제나 도시를 더럽히고 질서를 어지럽히는 주범이 되고 현지인은 적개심을 갖는다. 그럴 때 이방인은 그들에게 손님이 아닌 그저 다리 달린 돈이 된다. 그래서 무뚝뚝하고 불친절하다. 누구나 한 번쯤 겪어 본 적 있을 것이다.

피렌체는 이탈리아를 통틀어 둘째가라면 서러운 관광도시다. 주민들은 그 누구보다 외지인에 익숙하다. 그러나 그들은 나를 손님으로 받아 주었고, 다리 달린 돈이 아닌 오랜 친구처럼 대했다. 편하게 도시를 누빌 수 있던 것도 호스텔 주인의 배려가 있었다. 그녀는 내게 얼마든지 짐을 맡기고, 저녁에 떠날 때는 밥도 해 먹고, 샤워까지 하고 가도 된다고 했다. 그게 자신이 해 줄 수 있는 유일한 일이라 미안하다는 말과, 그럼에도 당신의 기억 속에서 피렌체가 늘 '꽃피어(Firenze)' 있기를 바란다는 멋있는 말까지 곁들였다. 그 어떤 도시보다 화려하지만, 그 어떤 도시보다 소박한, 작은 시골의 마을의 정이 느껴지는 어딘가 귀여운 도시.

이제는 이 아름다운 도시와도 이별할 시간이었다. 이틀 새 나는 이미 피렌체의 일부가 되어 있었다. 이번이 초면인 도시지만, 아주 어릴 적 소중한 추억을 함께한 친구와 이별하는 것 같은 아쉬움이 몰려와 나를 잡아먹었다. 현재의 아쉬움은 시간이 흘러 그리움으로 바뀌고 그것은 훗날 다시금 이곳으로 내 등을 떠밀 것이 뻔했다. 그러면 나는 못 이기는 척 다시 떠밀려 올 테다. 언제일지 모를 그날을 기약하며 나는 미련 없이 파리행 버스에 몸을 실었다.

파리로 가는 육중한 버스는 드르렁드르렁 거친 숨을 연신 내뱉으며 프랑스로 내달렸다. 이탈리아와 스위스, 프랑스의 국경을 횡으로 가로지르는 고속도로, 그 아래로는 넓은 들판이 있었다. 그곳에서 양떼가 풀을 뜯고 있었다. 자칫 구름처럼 보이기도 하는 그들에게 과거와 미래 따위는 안중에도 없어 보였다. 오직 현재, 풀을 뜯는 데만 집중하고 있었다. 만약 늑대가 습격해 온대도 그들은 잠시 맞섰다가 늑대가 도망치거나 동료 하나가 희생양이 되면 다시 태연하게 풀을 뜯고 또 사랑할 것이다. 그들은 동료의 죽음을 슬퍼하지도 않을 것이고 복수의 칼날을 갈지도 않을 것이다. 그들은 늘 현재에 충실하여 살아간다. 그리고 현재에 충실했기 때문에 훗날 죽음이 문을 두드리면 대담하게 받아들인다.

오천 년 전 길가메시가 영생을 위한 모험 끝에 깨달은 것은 인간은 결국 죽는다는 것이다. '귀함'은 '흔함'의 반대말이다. 한마디로 귀하다는 것은 흔하지 않다는 것이다. 호메로스의 서사시《오디세이아》에서 오디세우스는 귀향길에 풍랑을 만나 칼립소 여신과 칠 년을 함께 살게 된다. 칼립소는 그에게 영생을 조건으로 내걸며 자신을 사랑할 것을 요구한다. 그럼에도 그는 집으로 돌아가겠다고 말한다. 호메로스는 이후로 벌어질 오디세우스의 혹독한 귀향길을 통해 사라질 수밖에 없는 인간의 삶이 얼마나 찬란한 것인지를 노래한다.

삶의 시간이 무한하다면 인생의 모든 순간은 흔한 순간이 되고 삶은 결국 귀중함을 잃게 된다. 현재를 잡아라(Carpe diem), 죽음을 기억하라(Memento mori), 인생은 한 번뿐이다(Yolo). 이러한 경구들은 모두 인생이 필연적으로 끝난다는 것을 전제로 한다. 우리 삶이 결국 사라지는 것이라면 우리는 어떻게 살아야 하는가? 죽음을 피할 수 없다는 통찰에 이른 길가메시는 깨닫는다. '결국 인간은 죽을 수밖에 없는 존재다. 의미 있는 일을 하고 재미있게 놀고 뜨겁게 사랑하라.' 나는 들판 위의 양들을 보며 생각에 잠겼다. 이번 여행에서 내가 택한 태도는 풀을 뜯는 양들과 그리 다르지 않았을 것이다.

Arrivederci, Italia! (이탈리아여, 안녕!)

Memento Mori
"죽음을 기억하라"

Chapter 3

CZECH, AUSTRIA

크리스마스에는

아마 크리스마스를 싫어하는 사람은 별로 없을 것이다. 일 년을 크리스마스를 기다리는 낙으로 사는 사람들도 있다고 한다. 내가 바로 그런 부류다. 나는 언젠가 관광 엽서에 등장할 법한 크리스마스의 장면을 두 눈에 담고 싶다는 작은 소원이 있었다. 이번 크리스마스는 유럽에서 맞는 첫 번째 크리스마스였던 터라 내 마음은 이미 떠나기 전부터 어린아이처럼 부풀었다.

2022년 9월의 어느 날, 윤수, 경아와 함께 오르세 미술관을 관람하고 루브르 근처의 한 카페에서 잡담을 나누고 있었다. 그러다 갑자기 크리스마스로 화두가 튀었다.

"크리스마스에 뭐 하세요?"

내가 말했다.

"아직 생각은 안 해 봤는데 아마 없을 것 같아요."

"그럼 셋이 여행 갈래요?"

"오 좋은데요."

"크리스마스에 가고 싶었던 곳 있어요?"

"프라하랑 비엔나 어때요?"

내가 말했다. 마치 이미 답을 정해 놓은 듯한 대답이었다. 그러나 그때까지만 해도 아는 것이 전무한 도시들이었다. 하물며 체코의 화폐가 다르다는 것도 프라하에 도착하고 알게 되었다. 그런데도 나도 모르게 프라하와 비엔나에 가자고 말하고 있었다. 이유라고 할 만한 거창한 것도 없었다. 프라하는 이름이 예뻤고, 비엔나는 영화 〈비포 선라이즈〉의 촬영지였다는 것, 그게 내가 아는 전부였다.

"어, 괜찮을지도? 그럼 거기로 가요." 윤수가 대답했다.

"그럼, 말 나온 김에 숙소 바로 예약할까요?" 경아가 거들었다.

우리는 늘 이런 식으로 의기투합했다. 2022년 12월의 크리스마스 여행은 그렇게 결성되었다. 덕분에 우리는 그 자리에서 바로 숙소를 예약했고 제법 저렴하게 머물 곳을 구할 수 있었다.

파리의 크리스마스 마켓

프라하로 떠나는 날, 스무 량에 달하는 길쭉한 고속열차는 시속 삼백 킬로미터로 파리를 향해 달렸다. 수없이 탑승한 기차였지만 오후에 타는 것은 처음이었다. 바깥으로 내다보이는 밀밭에는 평소의 아침노을이 아닌 저녁노을이 드리웠다. 파리에서 이른 새벽 버스를 타고 프라하로 향했다.

버스는 독일의 만하임을 따라 동쪽으로 달리다가 뉘른베르크에 들러 잠시 숨을 고른다. 옥수수 알갱이만 한 눈송이가 휘날린다. 대지를 억세게 움켜쥔 넓은 어깨의 마로니에 나무들은 이미 백발이었다. 열 시간을 질주한 탓에 베테랑 버스 기사도 지친 기색이 역력했다. 이제부터는 조수석에 앉은 보조 운전사가 운전대를 잡았다. 이번에는 멈추지 않고 프라하로 질주했다. 너른 벌판과 몇 개의 위성 도시를 지나 눈발이 잦아들었다. 어느 순간 헐값에 지은 콘크리트 아파트가 도시에 즐비한 광경을 보고 나는 체코에 도착했음을 짐작할 수 있었다.

비행기가 아닌 버스를 타고 떠나는 여행은 이런 재미가 있다. 국가별로, 도시별로 다른 문화권에 속해 있다는 것을 한눈에 구별할 수 있다. 바깥을 구경하는 내내 어느덧 날이 밝았고 열여섯 시간이 지나 있었다. 버스에서 내리자마자 좋은 조건으로 환전해 주겠다는 호객꾼들이 따개비처럼 들러붙었다. 그들을 떼어 내는 것은 꽤 귀찮은 일이었다. 그래도 어느 정도 장점은 있었다. 프라하의 화폐는 유로가 아니라 코루나라는 것, 그리고 이들은 때로 여행자에게 직접적인 위협을 가할 수도 있다는 것을 분명히 알게 된 것이다.

프랑스와 이탈리아, 영국과 같은 서유럽을 여행할 때는 느껴보지 못한 것들이었다. 서유럽에 비해 동유럽이 가난하다는 것은 익히 들어 알고 있었지만 그것을 몸으로 느끼는 것은 처음이었다. 그곳의 호객 행위는 오래전의 동남아 여행을 떠올리게 했다. 나는 모기떼처럼 들러붙는 그들을 떨쳐 내고 공식 환전소를 찾았다. 싸게 환전해 주겠다며 호객꾼이 제시한 금액보다 사실은 공식 환전소의 환율이 더 좋았다. 주머니에 있던 이십 유로를 환전하고 거리를 구경했다. 직전에 비가 내린 탓인지 눈이 녹아서 생긴 구정물이 신발을 적셨고 머리 위로 간혹 물방울이 떨어졌다.

윤수와 경아는 기차를 타고 프라하에 오기로 했는데, 둘 다 어제 내린 폭설로 늦을 것 같다는 문자를 보내왔다. 기차가 가다가 멈춰 버렸으니 먼저 체크인을 해 달라는 것이다. 나는 우선 배를 채우기로 하고 식당으로 향했다. 주문을 받는 웨이터는 한국어로 인사를 했고 한국어로 주문을 받았다. 따로 검색해서 찾아간 것이 아닌데도 불구하고 직원들은 한국어에 꽤 능숙했다. 과장을 조금 보태면 영어를 전혀 하지 못해도 걱정 없이 여행할 수 있을 것 같았다. 프라하에 한국인 여행자밖에 없다는 속설이 과연 사실이었다.

나는 꼴레뇨와 흑맥주 한 잔을 주문했다. 꼴레뇨는 체코의 전통 음식인데 돼지 무릎을 통째로 구워서 내온다. 한국의 족발을 떠올리면 이해가 편하다. 다만 꼴레뇨는 흑맥주에 한 번 삶고 다시 굽는 반면, 한국의 족발은 삶기만 한다. 그 차이점은 껍데기에서 나타난다. 껍데기가 살결처럼 부드러운 족발과 달리 꼴레뇨는 겉이 바삭하고 속에는 육즙이 남아 있다. '겉바속촉'이 취향인 사람이라면 체코에서는 꼴레뇨가 제격일 것이다. 게다가 일 킬로그램의 꼴레뇨와 흑맥주를 주문하고 팁까지 지불했는데도 가격이 한화로 이만 원을 채 넘지 않았다.

프라하 구시가 광장의 장작 구이

허기를 달래고 숙소와 연계된 사무실에서 열쇠를 받아 숙소로 향했다. 주소가 적힌 종이와 약도를 보고 찾아가야 했다. 숙소는 대로변에 위치한 아파트였지만 일렬로 도열한 건물 중에 어떤 건물인지 감을 잡을 수 없었다. 열쇠는 잘 들어가지 않았다. 맞지 않는 열쇠 구멍에 무작정 깊이 찔러 넣었다가 빠지지 않으면 큰 낭패였다.

나는 이리저리 기웃거리다 깡마른 체코 아저씨의 도움으로 숙소를 찾을 수 있었다. 그 역시 처음엔 갸우뚱했지만 이내 위치를 파악하고 숙소 건물을 가리켰다. 우리가 예약한 방은 가장 높은 층에 있었다. 올라가기 위해서는 작고 낡은 엘리베이터를 타야 했다. 얇은 유리창 밖으로 아래가 훤히 내려다보였다. 당장이라도 떨어질 것 같은 공포가 엄습했다. 차라리 박스 테이프로 창문을 가려 두었다면 덜 무서웠을 것이다. 우리는 거기서 머무는 내내 그 엘리베이터를 탈 때마다 공포에 떨었다.

아파트 거실에는 깔끔하게 정돈된 킹사이즈 침대가 있었다. 그 옆에는 물이 콸콸 나오는 싱크대와 널찍한 샤워실이 있었다. 특히 샤워실이 마음에 들었는데 성능 좋은 온열기기가 바닥을 비롯해 젖은 수건까지 바싹 말렸다. 덕분에 우리는 여기서 머무는 동안 매일 빨래를 할 수 있었다. 샤워실과 붙은 테라스에서는 하얀 눈이 소복이 쌓인 채도 낮은 지붕들이 눈앞에 펼쳐졌고 목을 길게 빼면 구시가 광장의 틴성당까지도 볼 수 있었다. 층고가 높아서 가능한 일이었다. 이어진 방에는 거실 침대보다 작은 일인용 침대가 있었다. 건장한 성인 다섯 명이 쓰고도 남을 만한 큼직한 숙소였다.

숙소에 짐을 풀고 구시가 광장으로 향했다. 눈이 야트막하게 쌓인 광장 중앙에는 아파트 삼 층은 가뿐히 넘을 정도로 큼직한 크리스마스트리가 있었다. 그리고 쓸쓸해 보이는 동상이 있었다. 트리가 들어서기 이전에는 저기 산화한 구릿빛 동상이 이곳의 주인공이었으리라. 나는 프라하 여행안내서를 들여다보았다. 그의 이름은 '얀 후스'였다. 책에는 그가 체코의 종교사에 미친 영향이 몇 줄의 문장으로 요약돼 있었다. 거기에 적힌 대로라면 그는 한마디로 한 명의 영웅이었다.

얀 후스는 프라하의 예배당에서 설교하는 가톨릭 사제였다. 그러나 그는 라틴어로 설교하라는 교황청의 지침을 무시하고 신자가 알아들을 수 있어야 한다는 신념 아래 체코어로 설교했다. 무엇보다 교황청의 면죄부를 강력하게 비판했고 진리는 교회가 아닌 성서에서 찾아야 한다고 말했다. 결국 교황청은 그를 이단으로 몰아 파면했지만 그럼에도 그는 여전히 체코어로 설교하며 살아갔다. 그러다 붙잡혀 화형을 당했다고 적혀 있었다.

나는 호기심이 완전히 해갈되지 않아 이번에는 인터넷의 힘을 빌렸다. 후스의 영향은 사후에 더욱 커졌다고 쓰여 있었다. 그의 이름을 딴 정치결사가 출현했고 시간이 흘러 마틴 루터가 그에게 바통을 이어받았으며, 종국에는 종교의 자유를 인정받게 되는 데 큰 기여를 했다고 쓰여 있었다.

나는 휴대폰에서 눈을 떼고 다시금 시퍼렇게 녹이 슨 동상을 바라보았다. 그는 민중을 설득했고 부패한 권력을 향한 비판을 서슴지 않은 사람이었다. 처음에 느낀 모습과는 조금 달라 보였다. 알록달록 꾸며진 크리스마스트리에 시선은 모두 빼앗겼지만 그의 결기는 트리 못지않게 멋있었다.

그러나 한편으로는 의문이 든다. 그는 무엇을 위해 싸웠던 것인가? 권력의 주인은 바뀌더라도 권력의 속성이란 바꿀 수 없는 것 아닐까? 결국 역사는 매번 반복된다. 여행안내서 귀퉁이에 이렇게 적혀 있었다. "가톨릭이 가장 우세한 종교지만, 절반 이상의 체코 국민들은 무신론자이다." 종교개혁의 한복판에서 흙투성이 싸움을 지켜본 그들은 집단 내의 이타심이 곧 집단 간의 이기심을 동반한다는 것을, 그 과정에서 상처받는 사람은 지도자가 아닌 민중이라는 것을 몸으로 깨달은 것일까? 나는 상념에 빠져 잠시 아무것도 할 수 없었다. '신념이란 숭고하고도 위험한 것'이라는 나름의 결론을 내리고서야 그 자리를 빠져나올 수 있었다. 해는 어느덧 서쪽 산자락으로 넘어가고 있었다.

얀 후스의 동상

취미라는 언어

"몇 개 국어 할 줄 아세요?"

흔치 않은 언어를 공부하는 사람이라면 누구도 피할 수 없는 질문이다. 나도 프랑스어를 하면서 이런 질문을 여러 차례 들었다. 그러나 이런 질문을 들을 때면 '내가 한국어는 제대로 할 줄 아는 걸까?'라는 생각이 들곤 한다. 그래서 늘 농담 반 진담 반으로 "0개 국어 합니다."라는 말로 에둘러댄다. 언어란 무엇일까? 그리고 언어를 한다는 것의 기준은 무엇일까?

이에 관해 내가 프랑스에서 공부하며 내린 나름의 결론이 있다. 언어의 목적은 서로 다른 곳에서 살아온 누군가와 통합되는 것, 서로 공통된 매개체를 통해 연결되는 것, 그러니까 공통점을 갖는 데 있다는 것이다. 이처럼 언어의 목적이 서로 다른 무리를 하나로 이어 주는 데 있다면 취미 또한 하나의 언어가 된다.

그러면 언어를 구사하는 것의 기준은 무엇일까? 언어가 서로 다른 누군가와 소통하고 동질감을 느끼는 것이라면 각기 다른 기준점을 갖는다. 여행자에게는 여행지에서 필요한 언어를 구사하는 것만으로도 충분한 것이고, 학업을 이어 나가야 하는 사람에게

는 그에 맞는 수준의 언어를 구사하면 되는 것이다. 자신이 하고
자 하는 무언가를 이룰 수 있다면 언어를 구사한다고 말할 수 있
지 않을까 생각한다.

나는 프랑스어를 공부한 지도 벌써 꽤 오랜 시간이 흘렀고 공
식적으로 인정받는 수준의 자격증도 취득했다. 여행 중이라면 프
랑스어를 할 줄 안다고 말할 수 있을 것이다. 그러나 나는 현재 유
학생이다. 그리고 나의 언어 실력은 내가 원하는 수준에 한참 모
자란다. 내 기준에 나는 아직 프랑스어를 구사하지 못한다. 나의
모국어인 한국어는 대부분의 상황에서 유창하게 말할 수 있지만
내가 원하는 글을 쓰거나 책을 읽기에 여전한 어려움이 따른다.
그래서 한국어를 할 줄 안다고 말할 때도 뭔가 떨떠름한 기분이
든다.

그럼에도 내가 유일하게 할 줄 안다고 말하는 언어가 있다. 어
려서부터 즐겨 온 주짓수가 그렇다. 주짓수라는 언어는 성대의 울
림을 통해 의사소통할 수 있는 것은 아니다. 그러나 때로 그것은
사전적 의미의 언어(생각, 느낌 따위를 나타내거나 전달하는 데
쓰이는 음성, 문자 따위의 수단) 이상의 감각을 전달하기도 한다.

나는 숙소에서 이 킬로미터 떨어진 주짓수 도장으로 걸음을 옮
겼다. 그친 줄 알았던 눈발이 다시 흩날렸고 도심 외곽으로 빠지
는 길은 경사가 가파른 산길이었다. 중심지를 벗어나니 분위기
가 사뭇 험악했다. 주짓수 도장은 종합 체육관 내부에 있었다. 로
비의 직원에게 낡은 도복 한 벌과 거뭇하게 때 탄 흰 띠를 빌렸다.

마치 고향처럼 느껴지는 푹신한 매트 위에는 나와 같은 언어를 구사하는 사람으로 가득했다. 다치지 않게 몸을 잘 풀었다.

대련 종료를 알리는 타이머가 쨍그랑 소리를 내며 울리고 누군가 내게 대련을 신청했다. 그의 이름은 알레치였다. 그는 주짓수를 수련한 지 일 년이 막 넘은 차였다. 그는 나의 하얀 띠를 보고 초보겠거니 짐작하고는 천천히 대련을 이끌어 갔다. 나는 그에게 편하게 해도 괜찮다고 했다. 그는 환하게 웃으며 알겠다고 했다. 누가 더 잘하고 못하는지는 중요하지 않았다. 오 분간 격렬히 몸을 섞고 서로의 뜨거운 열정을 알아차렸을 때 상대의 이름조차 제대로 발음하지 못하는 우리는 친구가 되었다.

짧고도 길었던 대련이 끝나고 알레치는 내게 기술에 대한 질문을 했다. '베이스볼 초크'라는 기술인데 나는 이 기술에 꽤나 자부심을 갖고 있었다. 욕심을 조금 부리면 국내에서 다섯 손가락 안에 든다고 자부할 수 있을 정도였다. 알레치에게 나름의 노하우를 전해 주고 다른 사람과 대련을 이어 갔다. 라울이라는 이름의 아제르바이잔 출신 친구였다. 키는 나보다 조금 작았지만 가슴둘레가 마치 흑곰처럼 두꺼웠다. 주짓수도 꽤 오래 수련했는지 색 바랜 파란 띠를 매고 있었다. 체급도 구력도 비슷했던 우리는 정말 치열한 대결을 펼쳤다. 오랜만에 실력이 맞는 상대와 몸을 섞으니 힘과 체력이 빠르게 소진됐다. 그러나 정신만큼은 뜨겁게 고양되고 있었다. 내가 매일 누려 온 행복은, 그러나 어느 순간 잃어버린 행복은 바로 매트 위에 있었다. 학창 시절의 순간들이 어렴풋이 지나쳐 갔다.

잠시 추억에 잠긴 그때 도장의 마스터로 보이는 사람이 내게 대련을 하자며 손을 내밀었다. 그는 키가 190센티미터는 족히 돼 보였고 몸무게도 백 킬로그램에 육박하는 데다 후줄근한 검은 띠를 매고 있었다. 한국에서는 한 번도 만나 보지 못한 '괴물'이었다. 이런 사람과 겨뤄 볼 수 있는 기회는 흔치 않았다. 아마 주짓수를 좋아하는 사람들은 알 것이다. 우리는 가벼운 손 인사를 나누고 대련에 돌입했다.

머릿속에는 단 하나의 생각밖에 없었다. '가장 자신 있는 기술 하나만 성공시켜 보자.' 그러나 공이 울리기 무섭게 그는 나를 바닥으로 끌고 내려갔다. 그리고는 마치 거대한 비단뱀처럼 억센 팔과 길쭉한 다리로 내 몸을 휘감았다. 처음에는 버텨 보려고 했지만 그는 거대한 몸에 걸맞지 않는 유려한 기술들로 나를 잠식시켰다. '그래도 한 번의 기회는 온다.' 나는 기회를 엿보고 있었다. 바닥에 깔려서 아무것도 할 수 없던 참에 기회가 왔다. 그가 잠시 위치를 바꿀 때였다. 공간이 벌어지는 짧은 틈에 나는 그를 있는 힘껏 밀쳐 내고 탈출에 성공했다. 그리고 일부러 다시 한번 빈틈을 보였다. '들어와 봐.' 이것은 미끼였다. 역시나 그는 내 빈틈을 포착하고 다시 빠르게 나를 덮쳤다. '걸렸다!' 나는 잽싸게 그의 목덜미를 낚아챘다. 그리고 베이스볼 초크라는 이름에 걸맞게 야구 배트를 휘두르는 모습으로 힘차게 그의 목을 졸랐다.

그 모습은 마치 망망대해에서 새치와 씨름하는 낚시꾼과도 비슷했다. 나는 미끼를 던졌고 거대한 물고기는 그것을 물었다. 얇은 낚싯줄 하나를 사이에 두고 벌어지는 팽팽한 줄다리기. 자칫 과하게 힘을 쓰면 줄이 끊어져 버리고 힘이 모자르면 질질 끌려간다. 그는 내 손아귀를 벗어나려 힘차게 몸부림친다. 나는 어렵사리 잡은 기회를 놓칠세라 모든 신경을 목덜미를 낚아챈 열 손가락에 집중한다. 십 분 같았던 십 초의 팽팽한 힘 싸움. 손끝에 승리의 감각이 느껴진다. 이제 남은 힘을 모두 쥐어짜야 한다. 속으로 숫자를 센다. 하나, 둘, 셋. "탭." 그가 손으로 가볍게 툭툭 치는 것으로 항복 사인을 보냈다.

팔근육이 팽팽하게 부풀면서 급속도로 저려 왔고, 손톱은 깨질 듯이 아팠고, 도복에 쓸린 얼굴의 생채기 위로 찝찔한 땀이 흘러 따끔거렸다. 그러나 이 순간에만 느낄 수 있는 짜릿한 쾌감은 다른 곳에선 도저히 찾을 수 없는 것이었다. 기쁨도 잠시 우리는 다시 대련에 돌입했다. 이번에는 그가 팔을 먼저 낚아채며 내게 항복을 받았다. 공이 울리고 포옹으로 대련을 마무리했다.

주짓수에서는 손으로 가볍게 치는 항복 사인을 '탭'이라고 부른다. 나는 학창 시절 탭을 통해 인생의 한 부분을 배웠다. 세상 모든 일이 그런 것처럼 우리는 처음부터 무언가를 잘할 수 없다. 계속해서 배워야 하고 실수하면서 성장한다. 주짓수도 마찬가지다. 아무리 재능이 많다고 해도 오래 수련한 사람을 이기는 것은 쉽지 않은 일이다.

그래서 끊임없이 깨지고 탭 치기를 반복해야 한다. 탭이란 남이 시켜 줄 수 있는 것이 아닌 자신이 스스로 부족함을 인정해야 하는 것이다. 때로 자존심이 강한 사람들은 그것을 인정하지 못하고 부상을 당하기도 한다. 나도 주짓수를 막 시작했을 무렵에는 치기 어린 행동을 하다가 다친 적도 있다. 그러나 탭을 수백, 수천 번 반복하던 어느 날 나는 알게 되었다. 내가 성장하는 순간은 항복을 받아 내는 순간이 아니라 탭을 치는 순간이었다.

나는 탭을 패배라고 생각했는데 그것은 사실 성장을 의미했다. 고대 로마의 군대가 강력했던 이유도 타민족의 우수한 무기를 받아들이고 개량했기 때문이라고 한다. 그날 나는 자신의 패배를 인정하는 것, 부족함을 깨닫고 배우려는 태도가 이기는 것보다 중요하다는 것을 몸으로 깨닫게 된 것이다. 이기면 이겨서 기쁘고 지면 배울 수 있어서 기쁜 '탭의 법칙'은 내 사고의 근간이 돼 있었다. 거기서 운동하는 사람들은 모두 나와 같은 사고를 하고 있었다. 주짓수라는 언어는 바로 그런 문법 위에서 존재했다.

외국 생활에서 가장 힘든 것은 아마 존재의 상실일 것이다. 어디에서도 구성원이 되지 못하고 내가 아무도 아닌 자가 되는 것. 우리의 인정욕구는 단지 이름을 알리는 것만으로는 충족되지 않는다. 그렇게 정체성을 잊고 살다 보면 나는 누구인가라는 질문에 던져진다. 어떨 때는 '내가 과연 그들과 같은 인간이 맞을까?'라는 상상으로 번지기도 한다. 그런 고민은 늘 '집에 가고 싶다'로 귀결된다. 가족이 있고, 친구가 있고, 내가 누구인지를 아는 사람들이 있는 곳. 그러나 집으로 돌아갈 수 없는 상황에서 주짓수가 하나의 집이 되어 준 것이다. 뒤엉킨 몸과 고양된 정신으로 연결된 관계는 우리를 더 이상 이방인으로 버려두지 않는다.

나는 프랑스도 아닌 체코에서 마치 고향에 간 것 같은 안온함을 느꼈다. 지금도 어딘가로 떠나는 많은 주짓수인들은 주섬주섬 도복을 챙기고 주변에 있는 주짓수 도장을 물색한다. 어쩌면 그것은 타지에서도 자기 둥지로 돌아가려는 일종의 귀소본능일지도 모르겠다. 알레치, 라울과 1.5리터 이온음료 한 병을 나눠 마시는 동안 나는 잃어버린 무언가를 회상하고 있었다.

마침 경아와 윤수가 눈보라를 헤치고 무사히 도착했다는 문자가 와 있었다. 숙소에 함께 도착하여 짐을 풀고 간단히 끼니를 해결했다.

"오늘 프라하에서 혼자 뭐 했어?" 경아가 물었다.

"광장 구경하고 주짓수."

"아니, 무슨 여기까지 와서 주짓수를 해요? 재밌었어요?" 윤수가 되물었다.

"집에 간 것 같았어요. 오랜만에 운동했더니 개운하네요." 그들은 도무지 이해할 수 없다는 듯 멋쩍게 웃었다.

한국인 여행 그리고 밤

1 한국인 여행

유학생의 여행은 조금 다른 구석이 있다. 무엇보다 그들
은 마음이 편하다. 시간의 제약이 비교적 덜하고 언제든 다시 올
수 있다고 생각한다. 그래서인지 꼭 봐야 하는 관광지를 가기보다
자신이 좋아하는 것부터 관람을 시작한다. 좋게 말하면 유유자적
한 여행이고 나쁘게 말하면 게으르다.

우리는 프랑스 유학생이었지만 프라하에서도 비슷하게 행동했
다. 계획은 전날 밤이나 당일 아침에 간략히 정했다. 그리고 보고
싶은 것이 생기면 거기로 걸음을 옮겼다. 그러나 파리에서 하던
것처럼 아무 데나 쏘다닐 수는 없었기 때문에 기본적인 명소는 인
터넷으로 정보를 얻었다.

계획을 정할 필요도 없이 이미 많은 블로그에서 '프라하는 이
렇게 봐야 한다'며 계획표를 올려 두었다. 우리는 그걸 따라서 여
행해 보기로 했다. 점심은 흑맥주로 유명한 맥주 회사에서 직영하
는 맥줏집에서 먹었고, 그다음은 언덕배기에 있는 프라하 성을 기
어올랐다. 척척한 겨울 습기가 얼굴을 감쌌고 짙은 구름이 갑자기

비를 흩뿌리는 바람에 오들오들 떨었지만 프라하 성은 생각보다 웅장했다. 프라하 천문시계 앞에는 사람들이 잔뜩 몰려 있었다. 알고 보니 정시에 맞춰 움직이는 시계를 보기 위해서였다. 그리고 우리는 시계탑을 올랐다.

우리는 해가 지기 전에 미리 올라가서 정신없이 셔터를 눌러 댔다. 프라하의 전경은 실로 아름다웠다. 내가 꿈처럼 그리던 관광 엽서 속 크리스마스 이미지는 바로 거기에 있었다. 정작 광장에 있을 때는 내가 그런 풍경 속에 있는 줄도 몰랐다. 나는 이미 내가 그토록 바라던 장면 속에 있으면서도, 그런 풍경을 볼 수 있기를 꿈꾸고 있었다는 것을 70미터 시계탑 꼭대기에 올라서서야 알게 되었다.

오후 다섯 시 반 즈음에는 시계탑이 한국인으로 가득 찼다. 사방에서 들리는 언어는 오직 한국어였다. 십 분 정도가 더 흐르고 한국인들이 웅성거리기 시작했다. 다섯 시 사십 분에 진행하는 트리의 점등식이 그 이유였다. 그러나 예정된 점등식은 닭장 같은 시계탑에 꾸역꾸역 들어찬 한국인에 비하면 매우 아담한 규모로 진행됐다. 조명이 몇 번 이리저리 껌뻑이다가 금세 끝이 난 것이다. 동시에 그 많은 한국인들이 탄식하는 소리가 들렸다. "뭐야 이게 다야?", "에이 별거 없네…."

시계탑에서 내려다본 프라하의 크리스마스 마켓

그제서야 나는 우리의 여행이 왜 재미있었는지를 알 수 있었다. 파리에서 시작된 우리의 여행을 떠올려 보면 어딘가에 방문해서 실망한 적이 없었다. 애초에 우리는 늘 계획이 없었고 당연히 대단한 무언가를 보겠다는 당찬 포부나 기대도 없었다. 그저 문이 열려 있으면 다행이었고 관람할 수 있으면 감사했다. 그러나 시계탑 꼭대기에 있던 한국인들은 상황이 달랐을 것이다.

그들은 아마도 떠나오기 몇 달 전부터 각종 인터넷 포털사이트와 SNS를 통해 정보를 구하고, 시간 단위로 계획을 짜서 최소한 다섯 시 삼십 분에는 이곳에 올라 점등식을 보고자 했을 것이다. 그러나 막상 마주한 너무 작은 점등식은 그들의 기대에 미치지 못했을 것이 분명했다. 허무함이 탄식이 되어 입 밖으로 자연스럽게 튀어나온 것이다.

반면 우리는 계획은 존재했지만 그저 발길 닿는 대로 움직였다. 카를교를 가다 말고 알폰스 무하 박물관에서 한 시간을 감탄하다가 나오기도 했고 낮잠도 한숨 잤다. 그러니까 우리는 시계탑에 올라와서도 저게 무엇인지, 몇 시에 하는지도 몰랐던 것이다. 정말로 우연히 보게 된 것이다. 전혀 기대하지 않았던 우리에게 점등식은 색다른 구경거리이자 여행을 응원하는 아담한 선물이었다. 그들과 우리는 같은 곳에서 같은 것을 봤지만 그 느낌은 확연히 달랐을 것이다. 그들은 마치 오래 기다린 기념일에 장미꽃 한 송이를 받은 기분이었을 테고, 우리는 평범한 날 예상치 못한 꽃 한 송이를 받은 기분이었다.

'대실소망(바라던 것이 아주 허사가 되어 크게 실망함).' 더 재밌는 여행을 위한 힌트가 여기에 있었다. 기대가 크면 실망도 크다. 반대로 기대하지 않으면 여행에서 마주치는 모든 것은 선물로 다가온다. 그리고 그런 선물은 우발성에서 비롯된다. 우발성은 계획이 없을 때 더 짜릿하게 등장한다. 그런 면에서 철저한 계획은 여행에서는 굳이 필요하지 않을 수도 있을 것 같다.

"내려가서 어디 갈래?"

경아가 말했다.

"그냥 아무 데나 걸어 보자. 위에서 보니까 어디를 가도 예쁠 것 같아."

프라하 구시가 광장의 거대한 크리스마스트리

2 여행지의 밤

인간은 백지 상태로 태어나지 않는다. 우리는 수백만 년의 시간을 진화해 온 유전자를 내장한 채 태어난다. 약 20만 년 전으로 추정되는 전 호모사피엔스의 등장을 기점으로 현재까지의 시간을 24시간 위에 나타내면(원시인류는 250만 년 전으로 추정된다고 한다) 우리가 농사를 짓고 한곳에 정착하여 살아간 것은 22시 30분경에 시작된다. 그리고 최초의 문명으로 알려진 수메르 문명은 23시경에 탄생했고 예수는 23시 45분쯤 태어난다.

아프리카에서 시작되어 지구 곳곳으로 뻗어 간 우리는 하루의 대부분을 수렵채집인으로 살았다. 오랜 세월이 흘러 인류는 각자의 자리에 정착했지만 그 시기는 대략 일만 년밖에 되지 않는다. 정착 생활은 안정적인 집이 있다는 것을 의미한다.

반면 농업을 하기 이전의 우리 조상에게는 안정적인 집이 없었다는 것을 의미한다. 아무리 튼튼한 집을 지어도 곧 떠나야 하기 때문이다. 그렇기에 농업혁명 이전 수렵채집으로 생존하던 우리 선조들에게 밤이란 어둡고 아무것도 보이지 않으며 무시무시한 맹수들이 잠에서 깨어나 활동을 시작하는 공포의 시간이었을 것이다. 언제 우리를 사냥하려 들지 모르는 맹수의 울음소리에 한시도 긴장을 풀 수 없는, 모든 신경이 외부의 미세한 움직임, 세포가 꿈틀대는 작은 소리에 곤두선 시간인 것이다. 정착 생활에 적응한 우리는 이런 본능을 오랜 시간 잊고 살아간다.

그러나 이런 본능이 다시 한번 뇌리를 스치며 평생에 한 번도 겪어 보지 못한 공포를 심어 주는 순간이 있다. 바로 우리가 이주민이 되는 시점, 즉 우리가 여행자가 될 때다. 우리의 힘이 가장 약해지는 시기이며 몇몇 사냥꾼은 눈을 부릅뜨고 시커먼 동공으로 우리를 노려본다. 다리 달린 돈은 곧 그들의 사냥감이 된다.

그래서 홀로 여행을 떠나는 여행자에게 밤이란 수렵채집 시절 야생의 그것과 크게 다르지 않다. 낮에는 잘 보이지 않던 맹수처럼 거대한 남자들이 길거리를 점령하고 있기도 하고 법의 가시권을 벗어난 곳에서는 도움을 요청할 수 없는 여행자를 대상으로 한 범죄가 수도 없이 벌어진다.

어렵사리 도착한 숙소도 상황은 다르지 않다. 국적도, 이름도, 성격도, 모든 것이 정체불명인 사람들과 같은 방을 쓰는 것은 때로 재밌는 일이지만 일반적으로 매우 불편한 상황이다. 잠을 잘 때도 가방을 꼭 끌어안고 자야 한다. 잠시 방심하면 그나마 남은 생필품마저 빼앗기게 될 수도 있다. 이처럼 홀로 여행하기를 좋아하는 사람에게 밤이란 아름답지만 한편으로는 무서운 시간이다.

그러나 함께하는 여행은 조금 다르다는 것을 나는 이번 여행에서 알게 되었다. 야생의 방식으로 표현하면 '무리'가 생긴 것이다. 야생에서 무리가 생겼다는 것은 이전보다 안전하다는 것을 의미한다. 외부의 위협에 덜 노출되니 오히려 밤에만 모습을 비추는 야행성동물을 사냥할 수도 있다. 여행지에서 야행성동물은 야경으로 대신된다. 야행성동물은 더욱 맛있고 영양도 풍부하다.

무리가 생긴 우리에게 밤은 빨리 지나가기를 바라는 스트레스가 아니었다. 낮에 쌓인 피로를 풀고, 수확하거나 사냥한 것들을 먹으며 곤두선 신경을 달래고, 야행성동물을 사냥하고, 새로운 정보를 공유하여 더 나은 내일을 준비하는 시간이 되었다. 여행지에서 수확하거나 사냥한 것들은 관광지이고 각자가 느낀 점들을 의미한다. 우리는 하루 일정을 마치면 늘 숙소에서 각자 자신의 수확물을 늘어놓고 네 시간에 달하는 대화를 나눴다. 여행을 하면서 체득한 새로운 정보나 생각을 체계적으로 언어화해야 했고 그 과정에서 내가 미처 느끼지 못한 것들을 남의 시선으로 이해하기도 했다.

나는 이전까지 여행이란 홀로 떠돌며 스스로 사유하는 것이라고 굳게 믿었다. 그러나 함께하는 여행에서는 혼자였다면 절대로 깨닫지 못했을 무언가를 얻을 수 있었고 무엇보다 '재미'있었다. 매일 새벽 늦게 잠자리에 들었지만 다음 날엔 더욱 개운했던 것도 기분만은 아니었다.

예술가의 이유

프랑스를 대표하는 예술가는 누구인가? 고갱, 모네, 르누아르 등 누구나 알고 있는 예술계의 거장들이 수도 없이 떠오른다. 이탈리아도 마찬가지다. 미켈란젤로, 다빈치, 베로키오 등 전설적인 예술가들이 떠오른다. 그렇다면 체코를 대표하는 예술가는 누구인가? 나는 선뜻 대답할 수 없었다.

프라하의 예술가는 아는 바가 전혀 없었다. 문학가로 저변을 넓히면 그제서야 프란츠 카프카와 밀란 쿤데라 정도 떠올랐다. 그게 내가 아는 전부였다. 사실은 그마저도 그들의 작품 한 편 제대로 읽어 본 적이 없었다. 프라하에서 머무는 동안 우리는 두 명의 예술가와 네 명의 위인을 만났다. 예술가 중 한 명은 프란츠 카프카였고 한 명은 내게는 조금 생소했던 화가 알폰스 무하였다.

카프카는 19세기 말 독선적인 아버지 밑에서 태어났다. 카프카의 아버지는 세속적 성공을 위해 모든 것을 바친 사람이었다. 사나운 아버지와 여린 카프카는 유년 시절 잦은 불화를 겪었다. 카프카는 대학에서 철학이나 화학을 전공하고 싶었지만 아버지의 반대로 법학과에 진학하게 된다. 그럼에도 작가의 꿈을 포기하지 않았던 그는 한 보험회사에 취직해서 낮에는 일을 하고 밤에는 글을 썼다.

그러나 고된 이중생활로 인해 그의 건강은 악화되었고 폐결핵으로 젊은 나이에 세상을 떠났다. 카프카가 본격적으로 이름을 알린 것은 사후의 일이다. 그의 절친 맥스 브로드가 그의 소설들은 모아 출간했는데 말 그대로 대박이 났고 그는 서양문학사에 족적을 남긴 대문호가 되었다. 식당, 카페, 서점 등 굳이 그를 찾지 않으려고 해도 프라하에는 그의 흔적이 곳곳에서 묻어났다.

한편 알폰스 무하는 카프카처럼 어디에서나 볼 수 있는 예술가는 아니었다. 윤수가 말하지 않았다면 나는 아마 그의 이름조차 몰랐을 것이다. 알폰스 무하 박물관은 구시가 광장에서 그리 멀지 않은 곳에 있었다. 매표소는 박물관 입구에 있었고 가격은 한화로 만원이 조금 넘었다. 우리는 비자를 내밀며 할인이 있는지 물었다.

"세 분이세요? 현금으로 20유로만 주세요."

그는 세상 귀찮은 듯한 표정으로 말했다. 우리는 정당한 예매 방법이 아니라는 것을 직감할 수 있었다. 우리로서는 마다할 이유가 없는 유리한 제안이었지만 세계에서 유일하다는 알폰스 무하 박물관에서 시골 마을의 전통시장에서나 볼 법한 단합이 이루어진다는 것은 꽤 놀라웠다.

카프카보다 조금 일찍 태어난 무하는 어린 시절부터 어머니가 목에 걸어 준 연필로 그림을 그렸다고 한다. 전시장 입구에는 그가 여덟 살에 그린 예수 그림이 있었다. 여덟 살이 그린 그림이라고는 전혀 믿을 수 없었다. 그러나 그가 태어난 19세기는 기라성 같은 예술가가 범람하던 시기였고 무하 정도의 재능으로는 어렴도 없었다고 한다. 그는 실제로 프라하 미술 아카데미에 지원하지만 '다른 직업을 구하라'는 조언을 듣고 떨어졌다고 한다. 그럼에도 그는 극장 세트를 만드는 곳에 들어가서 기술을 배우기도 했고 고향으로 돌아가 벽화를 그리기도 했다. 그 덕분에 한 귀족의 눈에 띄어 뮌헨에서 정식으로 미술을 공부할 수 있게 된다. 그는 이후로 파리로 넘어가 잡지나 삽화를 그리며 생계를 이어 나갔다. 그러다가 인생의 전환점을 맞이하게 되는데 당대 최고의 여배우 사라 베르나르의 연극 포스터를 제작하게 된 것이다. 그는 자신만의 화풍으로 그간 없던 독특한 포스터를 제작했고 일약 스타가 된다. 당시 무하의 그림이 얼마나 파격적이었는지 파리 전역에 내걸린 포스터를 사람들이 훔쳐서 거리의 포스터가 모두 사라졌다는 일화도 있다. 그러나 제국주의에서 비롯된 전쟁의 물결이 동유럽을 덮쳤고 체코의 민족주의자였던 그는 나치의 체포 대상이 되었다. 그는 노령의 나이에 며칠간 심문을 받고 풀려나게 되지만 이내 폐렴으로 사망하게 된다.

그의 박물관은 어떤 박물관보다도 작은 규모였다. 그러나 우리는 그의 화풍에 사로잡혀 한 시간을 그곳에 머물렀다. 백 년 전에 그린 것이라고는 믿겨지지 않는 그림과 색채. 우리가 그곳을 나올 때 손에는 이미 기념품점에서 구매한 그의 그림이 몇 점 들려 있었다.

알폰스 무하의 〈히아신스 공주〉, 알폰스 무하 박물관 소장

프라하에서 보내는 마지막 날 밤 나는 혼자 바츨라프 광장으로 향했다. 여행자의 구미가 당길 만한 것이 없다는 사실은 알고 있었다. 그러나 나는 이곳을 꼭 한번 방문해 보고 싶었다. 한국을 여행하는 외국인이 광화문의 세종대왕과 이순신 장군의 동상을 굳이 보겠다는 것과 비슷한 행동이었다.

음악을 들으며 홀로 걷는 프라하의 축축한 밤거리는 아름다웠다. 광장의 끝에서 그는 근엄한 표정으로 프라하 시민들을 내려다보고 있었다. 그는 체코에서 가장 인기 있는 성인으로 추대된다. 그러나 그의 명성에 비하면 많은 역사 자료가 남아 있지 않다. 실제로 그는 위대한 업적을 이룩했다기보다 보헤미아 사람들 모두가 공감할 수 있는 인물이었다고 전해 온다.

어린 나이에 왕이 된 바츨라프는 어머니와 할머니의 권력 다툼에 휘말렸고 어른이 되어서도 외세의 침탈에 맞서 보헤미아를 위해 싸웠지만 동생에게 살해당하고 만다. 이후 그는 영웅으로 추대되었고 현재까지도 민족 주권의 상징으로 남아 있다. 그의 삶은 체코의 정세를 반영했고 체코 민중의 정신적 기반이 되어 광장 꼭대기에 동상의 모습으로 서 있었다.

거기서 조금 내려오자 이번에는 얀 자이츠와 얀 팔라흐의 추모석판이 있었다. 그들은 비교적 최근 인물로 대학생이었다. 그들은 소련의 압제에 항거하며 같은 자리에서 분신했다. 그러나 당시 공산 정권은 그들의 죽음을 폄하했고 이십 년이 더 흐르고 나서야 프라하는 진정한 봄을 맞이한다.

나는 프라하를 여행하는 내내 비슷한 감정에 휩싸여 있었다. 묵직한 압력에 눌리는 것 같았고 어딘가 불편했다. 프라하는 강력한 교단의 횡포에, 잔인한 제국의 압제와 탄압에 오랜 시간 시달린 도시다. 얀 후스, 프란츠 카프카, 알폰스 무하, 바츨라프, 얀 팔라흐와 얀 자이츠까지 체코 사람들이 좋아하는 예술가와 위인들에는 하나의 공통점이 있었다. '모두가 예술가가 되는 삶'이라는 강연을 우연히 본 적이 있다. 거기서 강연자는 '한 사람의 예술가를 만드는 것은 하지 말아야 될 수백 가지 이유가 아니라 해야만 하는 단 하나의 이유'라고 말한다. 체코 국민이 사랑하는 인물들은 바로 그런 사람들이었다.

카프카의 아버지는 카프카가 글을 쓰는 것을 탐탁지 않아 했고 그는 일과 집필을 병행해야 했다. 그럼에도 그는 문학사에 자신의 흔적을 새겨 넣었다. 무하는 재능이 없어서 예술 학교에 낙방했지만 포기하지 않고 결국 최고의 예술가 반열에 올랐으며 유명세를 얻은 이후에도 나치의 압력에 굴하지 않고 민족을 위한 그림을 그렸다. 얀 후스, 바츨라프, 얀 팔라흐와 얀 자이츠 모두 생전에는 큰 변화를 일구지 못하고 사망했다. 그러나 그들이 남긴 작은 변화의 씨앗은 결국 무언가를 바꾸었다. 그들 역시 '자유'라는 단 하나의 강력한 바람을 위해 모든 압제와 잔혹한 탄압을 견뎌 내고 자유를 꽃피운 것이다.

프라하의 예술가들은 모두 자신의 의지를 가로막는 장애물에 굴복하지 않았다. 시간이 흘러 그들 중 누군가는 자유분방함과 틀에 얽매이지 않음을 뜻하는 고유명사 보헤미안을 탄생시켰고, 누군가는 이전에 없던 미술 사조를 일궈 냈으며, 누군가는 Kafkaesque(카프카적)라는 자신의 이름을 딴 새로운 단어를 만들어 냈다. 그곳의 모든 '예술가'는 내게 이렇게 말하고 있었다.

"세상은 우리가 예술을 하지 말아야 할 이유로 가득하다. 그러나 예술 없는 삶은 의미가 퇴색된 삶이며 자유를 표현하는 삶은 우리를 인간으로서 존재하게 한다. 예술이란 무언가를 행하기 위한 수단이 아닌 그 자체로 궁극적인 목적이며 자신의 존재를 정의하는 가장 진실한 모습이다. 해야만 하는 단 하나의 이유, 그게 바로 예술의 원동력이다. 예술을 온전히 향유하는 삶을 살아가기를 바란다."

자정 무렵에 홀로 터벅터벅 숙소로 돌아오니 경아가 물었다.

"어땠어? 거기엔 뭐가 있었어?"

"아무것도 없었어. 그런데 이제 프라하를 조금은 이해할 수 있을 것 같아."

내가 관찰한 유럽의 여행자는 크게 보아 두 종류인데, 재미를 추구하는 이들과 의미를 추구하는 이들이다. 재미를 좇는 이들은 대개 딱딱한 일상에서 벗어나 맛있는 음식, 쇼핑 등 가벼운 마음으로 휴식을 즐기고 싶어 하는 부류이고 의미를 좇는 이들은 보통 박물관이나 유적지를 돌아다니는 부류다. 경험에 가치를 두고 프랑스로 떠나온 나는 후자에 가까운 편이다.

우리는 모두 여행을 시작할 때 여행지의 정보를 찾는다. 정보를 뜻하는 단어 Information은 내부를 뜻하는 접두사 'In'와 구성, 형태, 버팀목을 뜻하는 라틴어 'Forma'가 합체하여 형성되었다. 그러니까 Information을 어원으로 풀어 보면 '내부를 구성하고 있는 것'이 된다.

전자에 속하는 대부분의 여행자는 여행을 떠날 때 어떤 식당이 맛있는지, 어디로 가야 몰린 인파를 피해 아름다운 사진을 건질 수 있는지를 주로 물색한다. 그러나 그것은 어쩌면 Information이라기보다 Ex(외부)formation(구성, 형성), 즉 외부를 이루는 것들에 가까울 것이다.

모든 것을 어원으로 설명할 수는 없지만 이런 면에서 나는 어느 정도 어원이 갖는 근본적인 성질을 믿는 사람이라고 할 수 있다. 특히 유럽의 경우 어디를 가도 비슷한 음식이 나오고 비슷한 외형의 건축물이 도시를 점거하고 있다. 그래서 Exformation으로만 여행을 하다 보면 금세 질리기도 한다. 유럽으로 배낭여행을 온 지인들이 가장 많이 하는 말 역시 "이제 다 똑같아 보여."라는 말이다. 그러나 우리가 여행지가 걸어오는 말을 알아듣고 그곳에 새겨진 그들의 생각과 감정, 이야기를 마주한다면 좀 더 다양한 경험을 할 수 있다. 나는 그랬다. 앞서 말했듯 여행을 떠나는 이유는 모두가 다르고 가치 있지만 한 번쯤은 이런 정보(Information)로 여행을 해 보기를 감히 추천해 본다.

체코의 필스너 맥주와 프란츠 카프카

비포 선라이즈

1

우리는 여행지에서 매일 사치를 부린다. 어쩌면 여행 그 자체가 사치인 것처럼 보이기도 한다. 우리는 가격이 비싼 식당에서도 아무렇지 않게 식사를 하고 하룻밤에 수십만 원에 달하는 숙소를 예약한다. 터무니 없는 가격의 길거리 음식이나 쇼핑 등 평소라면 하지 않았을 자질구레한 지출도 곧잘 한다. 하루 종일 파리의 노천카페에 앉아서 한시바삐 이동하는 관광객을 바라보며 나는 종종 생각에 잠겼다. 여행에서 할 수 있는 최고의 사치는 무엇일까? 그러다 문득 시간을 비효율적으로 쓰는 것이야말로 여행자의 진정한 사치일 수도 있겠다는 생각이 들었다.

왜냐하면 여행자란 애당초 한곳에 머무를 수 있는 사람이 아니기 때문이다. 여행을 뜻하는 프랑스어 'Voyage'의 어원을 거슬러 오르면 길이라는 단어가 나온다. 여행의 '여'는 한자로 나그네를 뜻하고 '행'은 다니는 행위를 의미한다. 동서고금을 막론하고 여행자는 오래 정착하는 사람이 아닌 길을 따라 떠나는 사람인 것이다. 그래서 그들은 현재 머무는 곳을 떠나야 하는 시간이 오기 전에 그곳에서 최대한 많은 것을 얻어야 한다. 인터넷에 검색하면 등장하는 '유럽 오 개국 일주일 투어' 같은 여행 패키지가 그런 심리를 가장 적나라하게 보여 준다. 유럽에서 머무는 일주일이 지나기 전에 최대한 많은 나라를 방문하고 많은 것을 봐야 하는 것이다. 그런 이유로 대부분의 사람들은 일상의 시간보다 여행의 시간을 더욱 소중히 여긴다. 아침 일찍 일어나 평소에는 좀처럼 먹지 않는 아침밥을 먹기도 하고 하루 종일 돌아다니다가 밤늦게 잠에 들기도 한다. 여행지의 시간은 곧 여행자의 경험이며 여행의 가치를 증명한다. 파리의 관광객들은 머리부터 발끝까지 온갖 사치품으로 무장하고 있었고 나는 지하철 요금도 아까워서 매일 걸어 다니는 신세였지만 이런 관점에서 보면 거기서 가장 사치스러운 사람은 바로 나였던 것이다. 그들 입장에서 온종일 카페에 앉아 사람 구경만 한다는 것은 상상도 못 할 사치였을 것이 분명하다.

우리는 이른 아침에 숙소를 떠났다. 프라하의 아침 바람은 습하고 쌀쌀했다. 밤새 북적인 구시가 광장의 크리스마스트리는 새벽 비에 젖어 물미역 같은 모습을 하고 있었다. 힘없이 축 처진 가지와 잎새는 마치 연예인의 뒷모습처럼 어딘가 쓸쓸해 보였다. 서로 다른 기차 편을 예매한 우리는 프라하 중앙역에서 잠시 흩어졌다.

영화 〈비포 선라이즈〉는 두 남녀가 헝가리에서 비엔나로 가는 열차에서 마주치는 것으로 시작된다. 시끄럽게 싸우는 부부를 피해 같은 자리에 앉은 두 주인공은 그 인연을 계기로 하루 동안 함께 비엔나를 여행한다. 내가 탄 기차는 체코에서 비엔나로 가는 기차였지만 그것 역시 꽤 설레는 일이었다. 그러나 기대에 부푼 것도 잠시 내 자리가 배정된 칸의 탑승객은 전부 단체 여행을 떠난 할아버지들이었다. 나는 〈비포 선라이즈〉 같은 낭만은 즉시 단념하고 어제 못다 잔 잠을 청했다.

프라하를 떠나 동쪽으로 향하는 기차는 네 시간을 달렸다. 하얗게 물든 벌판과 낮고 짙은 구름 사이로 낙후된 철로를 따라 유유히 도시들을 관통해 갔다. 〈설국열차〉의 배경처럼 강한 눈바람이 휘날렸지만 거대한 기차는 그런 것 따위 신경 쓰지 않았다.

비엔나는 프라하보다 기온이 따뜻했고 바닥은 바싹 말라 건조했다. 눈의 흔적도 비의 자국도 남아 있지 않았다. 우리가 예약한 숙소는 프라하보다 작았지만 아늑했고, 짐을 풀기에는 좁았지만 피로를 풀기에는 모자람이 없었다. 첫날은 모두 지친 탓에 간단히 비엔나를 둘러보았다. 크리스마스 마켓은 세 군데서 동시에 진행되고 있었는데 한 곳도 빠지지 않고 전부 굉장한 규모로 열려 있었다.

크리스마스이브이기도 했던 비엔나의 이튿날, 나는 아침 여섯 시 즈음에 일어나 길을 나섰다. 영화 〈비포 선라이즈〉에 나오는 장소를 따라 산책하는 것이 나름의 계획이라면 계획이었다. 이어폰을 끼고 캐스 블룸의 〈Come here〉을 재생했다. 피부가 쪼그라들 만큼 차가운 새벽바람이 무방비로 노출된 얼굴을 때렸다. 그러나 구름 사이로 다투어 쏟아지는 햇빛만큼은 봄처럼 따스했다. 삼십 분 정도를 걸어 첫 번째 목적지인 촐암트 다리에 다다랐다. 제시와 셸린이 서로에게 이끌려 비엔나에 내렸지만 여전히 어색함을 감추지 못하고 함께 걷는 작은 가교다. 영화에 등장하는 오래된 나무 바닥은 이제 시멘트로 덮여 있었고 도나우강으로 흐르는 작은 개천이 다리 아래로 통과해 흐르고 있었다. 잘 훈련받은 군인들처럼 거리를 행진하던 관광객들은 아직 보이지 않았다. 나는 그곳에서 그들이 거닐던 그 장면을 떠올리며 홀로 다리를 몇 번 지나다녔다.

다음 장소는 레코드 숍이었다. 두 주인공이 어쩔 줄 모르는 시선으로 춤을 추던 그 청음실은 들어갈 수 없었다. 그러나 나머지는 영화에 나온 그 모습을 그대로 간직한 채 남아 있었다. 이미 나 같은 한국인이 많이 다녀갔는지 '사용을 원하시면 꼭 직원을 불러주세요.'라는 한국어 문구가 적힌 메모지가 LP 플레이어에 붙어 있었다. 나이가 지긋한 여주인이 내게 말을 걸어왔다.

"〈비포 선라이즈〉 음악 들으러 오셨죠?"

나는 그렇다고 답했고 그녀는 피식 웃으며 한국인들은 다 똑같다는 말을 건넸다. LP 플레이어에서는 상상했던 영화 속 한 장면의 OST가 흘러나왔고 나는 잘 알지도 못하는 레코드를 뒤적이고 있었다. 마침 늦게 일어난 윤수와 경아도 레코드 숍에 도착했다. 그들이 LP판을 구경하는 사이 나는 계산대 옆에 놓인 기념품을 구경했다.

제시와 셸린이 방문한 레코드 숍

레코드 숍의 로고가 진하게 프린팅된 티셔츠가 낡은 옷걸이에 힘없이 걸려 있었고 검은색 배경의 에코백은 진갈색 나무 선반에 차곡차곡 포개져 있었다. 그러나 어느 하나 제대로 인쇄된 것이 없었다. 어떤 에코백은 귀퉁이가 쭈글쭈글하기도 하고, 군데군데 색이 벗겨진 부분도 있었으며, 어느 것은 크게 이염되거나 아예 색이 반대로 출력된 것도 있었다. 이름이 알려진 관광지치고는 상품성이 판연하게 떨어지는 것들을 내다 팔고 있는 것처럼 보였다. 그냥 뒤를 돌아 나오려던 찰나에 여주인이 한마디를 내뱉었다. 그리고 나는 거기서 기념품을 구매할 수밖에 없었다.

"리미티드 에디션(한정판)!"

나는 그 말이 뻔한 상술임을 짐작했다. 그러나 상품에 문제가 있다는 것을 인정하고 동시에 한정판이라고 소개하는 당당함은 오히려 멀끔한 상품보다 매력적이었다. 어쩌면 우리의 여행도, 사랑도 삶도 그런 것이 아니겠는가. 우리는 모두 매끈하게 짜여진 인생을 살고 싶어 하지만 그렇게 살 수 있는 사람은 어디에도 없다. 우리는 결국 각자의 실수와 상처를 간직하고 살아갈 수밖에 없는 존재인 것이다.

보리나 밀을 재배할 때 어린 이삭을 밟아 주지 않으면 짧은 시간에 크고 길게 자라나지만 정작 열매는 많이 맺지 못한다고 한다. 그러나 보리밟기를 겪은 새싹은 강건해지고 밑동이 토양에 단단히 고정되어 보다 많은 양의 보리를 수확할 수 있다. 이처럼 우리의 삶도 강력한 태풍에 짓밟힌 것 같아도 결국 시간이 지나면 보리밟기였다는 것을 알게 된다. 왜냐하면 우리는 여행에서 만나는 당혹스러운 상황들을 이겨 내고, 시시각각 변화하는 사랑의 아픔을 견뎌 내며, 인생에서 마주하는 막다른 길도 '결국'은 극복해 내는 존재이기 때문이다.

오히려 모든 것이 순조롭게 흘러갔던 경험은 겉보기에 훌륭해 보여도 정작 내게는 큰 의미를 갖지 못한 경우가 많았다. 그런 부분에서 인생이란 각자의 고통과 시련 속에서 자신만의 상흔을 몸에 간직하게 되는 것, 그렇게 세상에 단 하나밖에 존재하지 않는 '리미티드 에디션'이 되는 과정이 아닐까, 나는 가장 못난 에코백을 한 장 집어 들며 생각했다.

고작 십 유로밖에 안 하는 저렴한 기념품이었지만 한정판 에코백은 여전히 내 책상 앞에 걸려 있다. 그걸 볼 때마다 나는 거듭 상기한다. 인간은 결국 시련과 좌절 속에서 나름의 의미를 발견하고 깊은 깨달음을 얻는 존재라는 것을. 그런 의미에서 삶의 고통은 꼭 두려운 것만은 아닐지도 모르겠다.

레코드 숍을 나와서는 그리 멀지 않은 카페에 자리를 잡았다. 제시와 셀린이 손전화로 애틋한 장난을 치던 곳이었다. 나는 그 정도로만 알고 있었는데 1880년에 문을 연 유서 깊은 카페는 비엔나 예술가들의 아지트로 쓰였다는 문구가 입구에 붙어 있었다. 우리는 흔히 비엔나 커피로 불리는 아인슈페너(Einspänner)를 주문했다. Ein(하나의) Spänner(~마리의 말이 끄는 마차), 말 그대로 한 마리의 말이 끄는 마차를 의미하는 아인슈페너는 마부들이 주로 마셨다고 전해 온다. 나는 아인슈페너를 여기서 처음 마셔 보았다. 에스프레소 위로 생크림이 잔뜩 올라간 모습을 보고 나는 왜 이 커피가 마부들의 커피로 불렸는지를 번쩍 이해할 수 있었다. 아마 생크림 덕분에 마차가 덜컹거려도 잘 흐르지 않았을 것이고 두꺼운 층의 생크림이 커피의 온도를 유지하는 보온 역할까지 했을 테니 마부들이 마시기에는 아인슈페너가 제격이었을 법했다. 따뜻한 커피로 몸을 덥히고 우리는 도시를 천천히 기어가는 낡은 빨간색 트램에 몸을 실었다.

비엔나에서 마시는 비엔나커피(아인슈페너)

2

트램은 과거 대성벽이 있었던 자리를 따라 둥글게 미끄러지며 도시를 순회했다. 우리는 프라터 놀이공원으로 향했다. 우리는 놀이공원에 입장해 바로 관람차 매표소로 향했다. 제시와 셀린이 첫 키스를 나눈 관람차가 우리가 여기까지 온 목적이었기 때문이다. 그러나 가격이 터무니없이 비싼 데다 대기 줄은 끝이 보이지 않았고 관람차는 너무나도 느렸다.

"줄이 너무 긴데요. 옆에도 관람차 있던데 그냥 그거 타죠."

우리는 킹크랩처럼 거대한 관람차를 하염없이 기다리기보다 대기 줄도 없고 더 저렴했지만 홍게처럼 빼빼 마른 작은 관람차를 타기로 했다. 우리는 기다림 없이 바로 탑승할 수 있었다. 그러나 관람차가 상승할수록 두려움이 엄습했다. 관람차의 체공 높이가 예상보다 훨씬 높았고 빨랐다. 얇은 철제 봉이 유일한 안전장치였다. 창문도 덮개도 없이 사방이 뻥 뚫려 있는 관람차는 빠른 속도로 활강하는 놀이 기구만큼이나 무서웠다. 나와 경아는 얇은 손잡이를 꼭 붙잡고 있었다. 윤수는 그 모습이 재밌었는지 관람차 중앙에 있는 핸들을 돌렸다. 가뜩이나 덜컹이며 불안한 소리를 내는 오래된 관람차는 정말로 툭 빠져 버릴 것만 같은 소리를 내며 회전하기 시작했다.

프라터 놀이공원의 관람차

상공에서 바라본 비엔나의 노을은 무척이나 아름다웠지만 온전히 집중할 겨를이 없었다. 카메라 셔터를 누르거나 비디오를 찍는 것은 더욱 상상할 수 없는 일이었다. 경아도 나와 상황이 다르지 않았다. 거기서 카메라 셔터를 누를 용기 있는 자는 오직 윤수밖에 없었다. 겨우 고개만 들어 구경하고 있는 우리에게 윤수가 말했다.

"인생에서 어떤 스릴을 즐겨요? 스릴 없는 인생 재미없지 않아요?"

우리는 선뜻 대답할 수 없었다. 스릴이란 무엇인가? 스릴은 예측할 수 없는 긴장감 속에서도 경이로움을 느끼는 마음을 의미한다. 단순히 공포를 느끼는 것이 아닌 동시에 짜릿한 전율을 느끼는 것이다. '내가 인생에서 스릴을 즐기고 있던가?' 나는 극도로 안정적인 삶을 지향하고 있었고 삶의 변화를 마주하는 것이 고통스러웠다. 윤수가 무심코 던진 이 질문은 여행이 끝나고도 오랜 기간 내 뒤를 밟았다.

나는 이벤트(Event)를 매우 좋아한다. 아마도 이벤트를 싫어하는 사람은 거의 없을 것이다. 이벤트라는 단어는 어딘가 설레고 기쁜 감정을 지닌다. 이벤트를 어원으로 풀어 보면 '밖에서'라는 의미의 접두사 'E'와 '오다(혹은 바람)'를 뜻하는 단어 'Vent'가 합쳐져 탄생한 단어다. 즉 이벤트란, 밖에서 불어오는 바람, 그러니까 예측할 수 없는 흐름이나 사건을 의미한다. 이 단어가 머릿속에 문득 떠올랐을 때 나는 그 질문이 나를 끈질기게 쫓아다닌 이유를 알게 되었다. '아, 예견할 수 없는 것들은 받아들이는 사람의 마음

에 따라 이벤트가 되기도 하고 두려움이 되기도 하는구나.'

나는 그동안 정적인 삶을 두드리는 스릴 넘치는 이벤트들을 그저 공포로만 생각했던 것이다. 사실 우리가 아무리 애써도 예견할 수 없는 것들이 있다면 그것을 두려워하기보다 겸허히 받아들이며 그로 인해 변화할 새로운 삶의 방향을 기대하는 것이 훨씬 성숙한 태도일 것이다.

관람차 운행이 끝나고 육지에 발을 딛었을 때 해는 이미 서쪽으로 사라진 뒤였다. 어슴푸레한 빛만이 아직 남아 구름 몇 점을 비추고 있었다. 우리는 〈비포 선라이즈〉에 나오는 구도로 사진을 몇 장 남기고 본격적으로 놀이공원을 즐겼다. 어렸을 때부터 좀처럼 놀이 기구를 좋아해 본 적이 없는 나도 이날만큼은 높은 곳에서 빠르게 떨어지는 놀이 기구를 타며 스릴을 즐겼다. 놀이공원에서만 먹을 수 있는 이유 없이 비싼 음식도 꽤나 낭만적이었다.

혼자 여행했다면 절대 시도하지 않았을 것들이었다. 그러나 막상 경험하고 나니 생각보다 흥미로웠다. 친구의 친구를 우연히 알게 됐는데 생각보다 잘 맞아서 다음 만남이 기대되는 기분이었다. 가치관은 비슷하지만 취향이 다른 동행과 함께 여행할 수 있다는 것은 어쩌면 여행자가 누릴 수 있는 가장 큰 행운이라고 말할 수 있지 않을까?

프라터를 떠나 다시 시내에 도착했을 때는 이미 밤이었다. 우리는 크리스마스 정각에 먹을 케이크를 구하기 위해 동분서주했다. 그러나 아무리 관광도시라고 해도 유럽에서 크리스마스이브

저녁까지 운영하는 제과점을 찾는 일은 홍대에서 크리스마스이브에 문을 닫는 술집을 찾는 일만큼이나 어려웠다. 지도에는 영업 중이라고 나오는 곳을 찾았다가 허탕 치기 일쑤였다. 서서히 진이 빠졌다. 그래도 다행히 아직 문을 연 제과점을 한 곳 찾을 수 있었다. 관광객이 밀물처럼 급하게 들이닥쳤다가 썰물처럼 훅 빠지기를 반복했다. 진열장도 보이지 않는 북적이는 가게에서 남은 조각 케이크를 두어 개 구매할 수 있었다. 우리는 숙소로 돌아와서 로비에서 식기류를 빌리고 작은 방에서 아늑한 이브를 보냈다. 크리스마스이브의 우리는 아주 서투른 여행자의 모습을 하고 시간과 동선을 낭비했다. 그러나 낭만이란 낭비 없이 존재할 수 없는 것이다. 젊다는 것만으로도 우리의 어리석음은 낭만이 되었고 우리는 어리석음이라는 젊음의 특권을 한껏 누렸다. 발전된 카메라의 이미지센서로도 담을 수 없는 것은 서툴렀기에 아름다운 어린 날의 낭만. 어쩌면 낭만이란 젊음에게 주어진 최고의 면죄부가 아닐까 생각해 본다. 마치 제시와 셀린이 그랬던 것처럼.

알베르티나 미술관 옥상에서

탄생과 죽음

크리스마스는 예수가 태어난 날로, 탄생을 대표하는 기념일이다. 여행의 마지막 날 우리는 벨베데레 궁전으로 향했다. 유럽의 춥고 습한 겨울 날씨는 악명과 다르게 비엔나를 여행하는 동안 하늘에 구름 몇 점이 떠 있을 뿐 매일이 봄처럼 쾌청했다. 사보이의 왕자 오이 겐이 별장으로 지은 벨베데레는 '아름다운 전망'을 뜻한다고 한다. 그가 죽고 나서 마리아 테레지아가 벨베데레를 사들였고 왕실의 미술품을 보관하는 용도로 사용했다. 현재는 클림트의 그림을 가장 많이 보유한 미술관으로 유명하다. 우리가 궁전에 들어서자마자 오늘이 크리스마스임을 공표하듯 셀 수 없을 만큼 방대한 양의 예수 그림이 펼쳐져 있었다. 우리는 천천히 거닐며 그림을 감상했다. 사람들이 웅성거리는 소리가 점점 커질 무렵 벨베데레의 주인공 클림트와 에곤 실레의 작품이 근처에 있다는 것을 어렵지 않게 짐작할 수 있었다. 벨베데레의 주연으로 여겨지는 그림들은 헐벗은 여성의 그림 혹은 뜨겁게 사랑을 나누는 그런 그림이 대부분이었다. 그러나 처음 그들의 그림을 봤을 때 별다른 감흥을 느낄 수 없었다.

관람을 마친 우리는 슈테판 성당이 있는 시내로 다시 돌아왔다. 기념품점에서는 시씨라는 이름의 여성 초상화가 그려진 초콜릿을 팔았다. 생각해 보니 우리가 머무는 호텔의 이름도 시씨였다. 나는 가방에 넣어 둔 여행안내서를 다시 꺼내 들었다. 공작의 딸로 자유롭게 자란 그녀는 원하지 않게 황후가 되었다고 적혀 있었다.

그러나 황제의 엄마인 조피 대공비는 시씨와 자주 갈등을 빚었고 남편은 인기 여배우와 바람이 났다. 결국 그녀는 따분하고 불안한 궁정 생활을 떠나 자유로운 삶을 살기로 결심한다. 그녀는 다양한 국가를 여행하며 아주 가끔씩만 비엔나에 돌아왔다. 그러나 하나뿐인 아들은 사랑을 방해하는 계급제도를 싫어했고 자신의 여자 친구와 함께 자살로 생을 마감한다. 깊은 상실감에 도피성 여행을 다니던 그녀는 스위스에서 한 무정부주의자의 송곳에 찔려 목숨을 잃었다고 기록돼 있었다.

이렇다 할 업적도 없고 그렇다고 바츨라프처럼 영웅적 서사가 있는 것도 아닌 그녀는 어떻게 비엔나의 최고로 인기 있는 사람이 되었을까? 나는 그녀의 삶에서 디즈니 공주가 겹쳐 보였다. 일단 그녀는 외모를 늘 가꾸었고 다재다능했으며 권력자임에도 매우 자유로운 사상을 지녔다. 어쩌면 그저 한 명의 자유로운 인간으로 살았을 수도 있는 그녀는 자신의 신분 때문에 고루하고 답답한 궁정 생활을 해야 했다. 그럼에도 자유로이 자신의 삶을 살기 위해 노력했고 결국은 여행자의 삶을 살다가 최후를 맞이했다.

오랜 시간 유럽의 권력과 왕좌의 중심이었던 도시 비엔나의 분위기는 프라하와 달리 다소 엄숙하다. 그런 도시를 유지하기 위해서는 오랜 관습과 딱딱한 규율이 필요했을 것이다. 나는 시씨와 벨베데레의 주연들이 왜 이곳에서 사랑받고 있었는지를 시씨의 삶을 통해 조금은 짐작할 수 있었다. 가난하고 억압받던 프라하의 시민들이 바츨라프를 영웅으로 추대한 것처럼, 부유하지만 답답한 의례에 질려 버린 비엔나의 시민들은 자유로운 영혼인 시씨를 앞세워 자신들의 실존적 고민을 타개하고자 했던 것이다. 나는 예술을 잘 모르지만 다소 외설적으로 보이는 그림을 그리던 이곳의 예술가들도 관습적인 비엔나 사회에 돌을 던진 것이 아닐까 추측해 본다. 굳이 찾아보지 않아도 과거에 많은 비평을 받았을 것이 분명한 파격적인 그림들이 결국 대중의 인정을 받은 것을 보면 인간은 결국 딱딱한 규율이 아닌 자유로운 본능 속에서 탄생한 존재임을 상기하게 된다.

구스타프 클림트의 〈키스〉, 벨베데레 미술관 소장

해가 질 무렵에는 비엔나 외곽에 위치한 중앙 묘지로 향했다. 크리스마스에 웬 묘지인가 싶지만 여행을 마무리하고 이 글을 정리하는 데에는 사실 묘지만 한 곳도 없었다. 또 탄생과 죽음은 늘 붙어 다니는 단어가 아니겠는가. 묘지로 가는 노면전차는 넓은 대로 위로 쉬지 않고 달렸다. 묘지의 입구에는 헌화를 위한 조화를 파는 가게가 있었다. 여행자가 구매한 꽃을 헌화하고 돌아가면 밤에 다시 주워다 팔아도 그 누구도 모를 것이다. 우리 손에는 한 송이의 새하얀 백합꽃이 들려 있었지만 우리가 몇 번째 주인인지는 알아낼 재간이 없었다.

입구에 들어서자마자 푸른 묘지가 울창한 산림처럼 펼쳐졌다. 그 앞에 놓인 광이 나는 석판에는 나름의 이력을 갖고 이승을 떠돌다 흙으로 사라진 사람들의 이름과 가문이 빼곡하게 새겨져 있었다. 거기에는 슈베르트와 베토벤 그리고 브람스의 무덤도 있었다. 굳이 찾으려고 하지 않아도 이미 그들의 무덤은 다른 여행자들이 두고 간 조화들로 하나의 꽃밭을 이루고 있었다. 베토벤의 〈월광 소나타〉를 들으며 무덤 사이를 천천히 거니는 사이 우리가 함께하는 비엔나의 마지막 노을이 붉게 물들고 있었고 노을을 감싼 구름은 짙고 아름다운 분홍색으로 변해 갔다.

베토벤의 묘지

어린 시절의 나와 가장 달라진 부분 중에 하나는 무덤을 더 이상 두려워하지 않게 되었다는 것이다. 어린 시절의 나를 공포에 떨게 하던 공동묘지가 이제는 오히려 마음을 편안하게 만든다. 무엇이 나를 그렇게 만들었을까? 나는 그 해답을 내가 여행을 떠날 수 있는 이유에서 찾았다.

여행은 무엇인가? 여행은 힘든 것이다. 공동체를 떠나 홀로 생존해야 하고 나와 다른 타자를 수용해야 하며 입에 맞지 않는 음식을 꾸역꾸역 밀어 넣어야 한다. 그럼에도 우리는 여행을 떠난다. 그리고 돌아와서는 '아이러니하게도' 그런 고통을 추억한다. 우리가 여행지에서 겪는 고역을 대수롭지 않게 여길 수 있는 이유는 무엇인가? 그것은 우리가 돌아갈 확실한 귀환점이 있기 때문이다.

여행에서 우리는 일련의 사건과 난항들 그리고 내면의 격동을 겪지만 우리가 돌아갈 원점, 그러니까 무사히 돌아갈 집이 있다는 사실만큼은 바뀌지 않는다. 그리고 여행의 시련은 집에 도착함으로써 말끔히 소거된다. 여행에서 겪은 고통은 현실에서 더 이상 책임지지 않아도 되기 때문에 우리는 그것을 아름답게 추억한다. 그 사실을 아는 우리는 언어도 통하지 않고 문화도 다르며 낯선 이의 적대심을 받는 곳으로 훌쩍 떠날 수 있다. 오디세우스가 십 년의 방랑을 견뎌 낼 수 있었던 것은 결국 귀환할 집과 아내 그리고 자식이 있었기 때문이다.

내가 묘지를 좋아하게 된 이유는 바로 여기에 있었다 공동묘지에는 수많은 인간의 잔해가 한데 섞여 있다. 아무리 뛰어난 사람도 모자란 사람도 결국 비슷한 시간을 살다가 동일한 흙 속에 파묻힌다. 죽음이 우리 모두의 종착지인 것이다. 그러니 우리가 결국 죽는 존재라는 사실을 깨닫고 아무도 피할 수 없는 죽음이 탄생 이전의 상태이자 무의 세계, 우리의 원점이라고 생각한다면 인생은 죽음이라는 귀환점이 존재하는 하나의 긴 여행이 된다. 이처럼 인생이 일종의 여행이 된다면 여행의 우발성과 기쁨을 일상에서도 느낄 수 있다. 아무리 고된 일이 닥쳐도 여행의 짜릿한 추억 정도로 여길 수 있게 되는 것이다. 어쩌면 그런 사건들은 여행을 더욱 풍족하게 만드는 요소일 수도 있다.

어차피 귀환점에 다다르면 고통은 모두 사라진다. 그리고 사라진다는 사실, 그러니까 우리가 죽음을 피할 수 없는 존재라는 사실은 우리의 경험을 한정적으로 만들고, 스스로 영원하지 않다는 것을 깨닫는 순간 우리는 삶을 더욱 소중하게 여길 수 있게 된다. 이미 고대 로마의 장군들은 그것을 알고 있었다. 그들은 노예로 하여금 주문을 외우게 했다. 메멘토 모리…, 메멘토 모리…, 메멘토 모리…(죽음을 기억하라…, 죽음을 기억하라…, 죽음을 기억하라). 어쩌면 내가 여행에서 묘지를 찾는 이유는 이와 다르지 않았을 것이다. 무덤이라는 인간의 최종적인 목적지를 보는 것만으로 (아무리 젊은 이십 대의) 나도 결국 죽는 존재라는 것을 상기하게 되고, 동시에 유한한 삶과 여행의 소중함을 다시금 깨닫게 되는 것이다. 외부의 빛이 모조리 제거된 곳에서 밝은 별을 볼 수 있는 것처럼 삶도 죽음이 엄존할 때 더욱 빛난다. 이처럼 우리의 삶이 결국 집으로 돌아가는 것으로 끝을 맺는 여행과 같다는 것을 기억한다면 매일이 고단한 우리의 삶도 조금은 애틋하게 느껴진다.

어느덧 새까만 어둠이 거대한 까마귀 무리처럼 묘지를 뒤덮었다. 다시 네모난 트램을 타고 삼십 분을 달려 시내로 돌아왔을 때는 작은 눈송이가 흩날리고 있었다.

"역시 여행은 멈추지 않고 다녀야 하는 것 같아."

비엔나를 마지막으로 산책하며 내가 말했다.

"왜 그렇게 생각해?"

경아가 물었다.

"그냥, 기분 좋잖아."

"고작 그것 때문에?"

눈이 내리는 슈테판 성당 앞에서 우리만 알아들을 수 있는 시답잖은 수다가 옅은 눈송이에 흩어지는 동안 어느새 우리의 여행도, 크리스마스도 마지막을 향했다.

메리 크리스마스! Merry Christmas!

노을이 내린 비엔나의 중앙 묘지

Epilogue

마음이 이끄는 대로

2023년의 어느 봄날, 대학교 낙제 소식을 접하고 파리로 향하는 기차에 탑승하기 위해 푸아티에 역으로 걸어가고 있을 때였다. 널찍한 대로변에는 한 대의 버스가 한 시간마다 통행하는 정류장이 있었고 그 옆으로는 아무도 시선을 두지 않는 큼직한 광고판이 있었다. 평소에는 좀처럼 눈길이 가지 않는 곳이었다. 미국계 대형 프랜차이즈 회사가 아니라면 비용을 지불하고 광고 포스터를 붙여도 효과는 미미할 것이 분명했다. 그 바로 아래, 푸아티에의 정체 모를 방랑 시인이 새기고 떠난 한 문장이 있었다.

"Écoute toujours ton cœur pour ne jamais perdre ton bonheur."

직역하면 '행복을 잃고 싶지 않다면 너의 심장에 귀를 기울여라.' 정도로 해석되는 구절이었다. 그것은 아마도 이곳에 남은 학생들이 장난삼아 그려 넣은, 그저 예사로운 낙서였을 것이다. 그러나 착잡한 마음으로 시간을 보내던 나의 상황과 맞아떨어지면서 그 문구는 돌연 고대 그리스의 신탁처럼 나의 시선과 발목을 잡아끌었다. 광고판 아래로 길게 적힌 그 문장이 내게는 아주 짧은 문장으로 보였다.

"마음이 이끄는 대로."

돌아보면 학창 시절의 나는 늘 마음이 이끄는 대로 행동했다. 주짓수를 사랑했고 요리를 사랑했고 언어를 사랑했다. 그래서 나는 행복했고 성과는 자연스레 그 뒤를 따랐다. 그러나 2023년의 봄, 대학교에 지원할 무렵의 나는 그렇게 살고 있지 못했다. 마음에도 없는 학과에 원서를 넣었고 입학 동기를 작성하면서도 나의 심장이 전혀 반응하지 않는다는 것을 느끼고 있었다. 진심이 아닌 글을 억지로 쥐어짜는 것은 아주 고된 일이었다. 진심이 아니니 진실을 담는 것도 어려웠고, 그래서 그런지 지원한 대학교에서는 모두 부정적인 대답이 적힌 등기우편을 보내왔다. 결국 나는 바라지 않는 것들을 이루기 위해 전전긍긍했지만 끝내 아무것도 이뤄내지 못했던 것이다. 사랑을 나눌 가족도, 마음을 나눌 친구도 없는 프랑스의 시골 마을. 그 무렵의 나는 스스로 헤어 나오기 힘든 우울감에 빠져 있었다.

그때 마침 그 문구가 내 눈을 사로잡은 것이다. 나는 생각했다. 여기서 머무는 일 년간 나는 무엇을 했는가. 어떤 것에 마음이 이끌렸는가. 그래도 뭔가 하나는 있겠지 싶어서 나의 유학 생활을 재차 점검해 보았다. 거기서 나는 그간 여행을 떠날 때마다 간략히 기록한 일기장을 발견했다. 나는 그것들을 모두 추렸다. 그리고 여행에서 만난 진기한 것들과 찰나의 감정을 보다 소상히 기록하여 이 책에 담았다. 이 글을 쓰는 내내 나의 가슴은 매일 설렘으로 진동하고 있었다. 분명 고된 순간도 있었지만 나는 행복했다. 그리고 마침내 나를 옭아맨 우울감에서 탈출하게 되었다.

그런 면에서 인생에는 불현듯 불어오는 바람이 존재하는 것처럼 느껴지기도 한다. 한때는 그것을 억지로 거스르려고 하기도 했다. 그러나 그 어느 때보다 진솔하게 여행에서 발견한 것들을 한 글자씩 써 내려 가면서 나는 깨닫게 되었다. 그저 불어오는 바람대로, 흘러가는 흐름대로 살다 보면 그곳에도 나름의 길이 있고 기쁨이 있고 깨달음이 따른다는 것을. 그리고 외부에서 불어온 것처럼 보이는 그 바람은 사실 내 것인지도 모를 만큼 깊은 내면에서 시작된 바람이라는 것을. 어쩌면 그거야말로 내가 진정 바라는 것일 수도 있다는 것을.

그런 의미에서 흐름대로 살아가는 삶이야말로 스스로에게 가장 정직한 삶이 아닐까 생각해 본다. 지금까지 그래 왔듯이 이번에도 불어오는 내면의 바람을 따라, 내 '마음이 이끄는 대로' 나의 작은 일 년을 책에 담아 세상에 띄워 보낸다.

이 책에 도움을 준 고마운 사람들의 이름을 일일이 열거할 수는 없지만 살면서 잠시라도 마주쳤던 모든 이들에게 감사 인사를 보낸다. 그들 모두가 나의 양분이 되어 주지 않았다면 아마 이런 글을 쓰지 못했을 것이다. 그래도 나와 함께 여행해 준 소중한 동행들과 동료들, 마지막으로 내가 존경하고 사랑하는 부모님께 특별히 깊은 감사를 전한다. 우리가 어디에선가 다시 만날 수 있기를, 우리 모두의 남은 여정이 행복하기를 진심으로 기원해 본다.

Au revoir.

2023년 8월

고승민